するとふいにエルドレッドがくちづけを解き、倖人の顔を覗き込んでくる。
「そんな切なそうな瞳で見つめてきて……欲しいのか」（本文より）

双竜王と運命の花嫁《つがい》～皇子は愛されオメガに堕ちる～

SAKURA MAYUYAMA

眉山さくら

Illustration

石田惠美

SLASH
B-BOY NOVELS

この物語はフィクションであり、実際の人物・団体・事件等とは、一切関係ありません。

CONTENTS

初出一覧

双竜王と運命の花嫁《つがい》 ～皇子は愛されオメガに堕ちる～ ／書き下ろし

双竜王と運命の花嫁《つがい》
～皇子は愛されオメガに堕ちる～

序章

「なにをしけた顔をしているのだ、飛鳥乃《あすかの》。これからかの大国、『ドラッヘンシュッツ王国』の王族と会うことができる記念すべき日だというのに」

世に名を馳せる大国、ドラッヘンシュッツ王国の首都にある王城、グロースフランメ城へと向かう馬車の中。

車窓を流れる異国情緒あふれる美しい景色と活気ある街の様子に、倖人《ゆきひと》は意気揚々《ようよう》として胸を躍らせていたが、隣に座る飛鳥乃の鬱々《うつうつ》とした雰囲気に気づいて眉をひそめ、声をかける。

多大なる影響力を持つ強国、ドラッヘンシュッツ王国と国交を結びたいと交渉を続けてきたが、ようやくその努力が実り、今回、初めて倖人たち耶麻刀国《やまとこく》の使節団を迎え入れてくれることになったのだ。

倖人自身、初の海外訪問ということもあり、気合いを入れてこの日のために、緋色の袍《ほう》に白袴《しろばかま》という、耶麻刀国の伝統的な礼服である束帯《そくたい》を新調したというのに。

しかし飛鳥乃はどんよりとした顔でこちらを向き、

「倖人様……お願いいたしますから、くれぐれも言《こと》の葉選びは慎重に、相手様を刺激するようなことはなさらないでくださいませ」

お願いする、というにはドスの利《き》いた、気迫のこもった声で念を押してきた。

飛鳥乃は耶麻刀国の皇太子である倖人の東宮侍従《とうぐうじじゅう》長《ちょう》にして、三歳年上の幼馴染《おさななじ》みでもある。

「心得ているとも、飛鳥乃。まったく、何度同じことを言うつもりなのだ？　心配性も過ぎると禿《は》げるぞ」

子供の頃から知った仲という気安さから、つい軽口を零《こぼ》すと、

「ええ、ええ、飛鳥乃が禿げたならばそれは倖人様のせいでございますゆえ、たんまりと補償金をいただきとうございます」

恨みがましい目つきで言う飛鳥乃に、倖人はこらえきれず吹き出した。

「な、なにをへらへら笑っていらっしゃるのです、倖人様！　ほんに、お気楽なことばかり仰って……ご自分のお立場を分かっていらっしゃるのかっ」

雷を落とす飛鳥乃に、倖人はキンとする耳をさすりながら、少しふざけすぎたか、と申し訳なく思いつつ彼を見やる。

飛鳥乃の、小さめだがつぶらな瞳は愛嬌《あいきょう》のある小型犬を思わせて、ついからかいたくなってしまうのだ。

そんなことを漏らそうものなら、「どうせ私は倖人様のような凛《りん》とした整ったお顔と違って、地味で取り柄もないつまらぬ見目《みめ》でございますから」とますます機嫌が悪くなるのは目に見えているから、絶対に口にしないが。

「今回は国内とは訳が違うのです。……相手様はあの『竜族』の、しかも王族の皆様なのですよ。竜族の特異な性質については、何度もお教えしたはずです」

「もちろんだとも。相手や相手国のことを勉強して理解するのは、交渉術の初歩だからな」

飛鳥乃の言葉に、倖人は深くうなずいた。

この世界には、様々な生物を祖先に持ち、その性質を保ったまま進化した人類がいる。

祖先とする生物の血を濃く受け継いで変化する能力を持つ者を筆頭に、それぞれに優れた特性があるのだが、やはり国を支配するのは強大な力を有し、戦闘能力に秀《ひい》でた生物の血を引く種族であることが多い。

ドラッヘンシュッツ王国を統治するのは、全生物の中でも最強の種のひとつと名高い竜の血を引く『竜人族』で、個体数は少ない希少種でありながら、その突出した類い稀《まれ》なる叡知《えいち》と圧倒的な戦闘能力で広大な領土を治めているのだ。

「伝説の竜人族にお会いできるというのに、難しい顔ばかりしていないでもう少し喜んだらどうだ？　竜人族の御方は雄々《おお》しくも勇猛な竜型で知られているが、皆、人型でもたいそう長身の立派な体軀《たいく》にして、綺羅綺羅《きらきら》しくも大人びた美貌を誇るそうではないか」

帝王学の一環として様々な種族について学んできたが、初めて『竜族』の変化した姿絵を見た時、その神々《こうごう》しさと、獰猛《どうもう》さを秘めた格好良さに感動し、どうしようもなく少年心をくすぐられ、気持ちが高ぶったものだ。

もっとも、そう易々と竜型を見られるわけではなく、情報の少なさもあって、主に人型での彼らの特性を勉強していた。

しかしせっかくここまで来たのだから、人型だけではなく、一度だけでも竜型に変化した彼ら

の姿をじかに拝みたいものだ――などと期待に胸を高鳴らせながら考えていると、

「……それだけではございません。彼らは宝玉など、光輝くものがお好きで、この地にて建国したのも、ここがもっとも豊富な鉱脈を持つ土地ゆえ。そんな豊かな地を支配するだけでは飽きたらず、世界中の金銀財宝を集めるためどんどん領土を広げていったという好戦的な性格で、しかも一度手に入れると決めたらどんなことをしてでも手に入れようとする執念深さを併《あわ》せ持つ――と、口が酸っぱくなるほどお聞かせしたはずです。万が一、目をつけられでもしたら大変なことになってしまうのですよ。現に今も様々な地域で起こっている紛争にドラッヘンシュッツ王国が関わっているという話ではありませんか」

倖人の浮かれた気持ちを見透かすように、飛鳥乃はつぶらな目を精一杯すがめ、脅すようにそう言った。

「ははっ。そう気を揉《も》まずとも、噂が真実というならますます我らが耶麻刀国は歯牙《しが》にもかけられないさ」

ドラッヘンシュッツ王国のように、強力な力を持つ種族の加護を得た大国が栄華を誇る一方、倖人たちの故郷、耶麻刀国は特殊な生物の血を濃く受け継ぐことも、人外に変化することもない『人族』の国で、それゆえ豊かな土地を手にすることができず、たいした資源は産出されない。

それゆえに、今まで他国の侵略を受けることもなく、なんとかやってこられた、ともいえるのだが。

「また呑気《のんき》なことを……！　今は眼中になくとも、一度彼らの逆鱗《げきりん》に触れてしまえば、標的になる可能性は充分にあるのですよ。双頭の暴竜、リントヴルムの生まれ変わりと言われる、竜族の双子の王子の噂を知らないわけではないでしょう」

太古の時代。西方大陸に降り立ち、その人智を超えた力で、それまで大陸を支配していたいくつかの国の王たちをすべて打ち倒し、ドラッヘンシュッツ王国の礎《いしずえ》を築き上げた、双頭の『始祖竜』リントヴルム。

双頭のうち、左の頭には比類なき叡知を、そして右の頭には凶悪なほどの魔力を持っていた『始祖竜』は、自尊心の高い竜たちをも自分の配下として束ね上げて覇権《はけん》を握り、揺るぎない地位を確立させたという。

「『始祖竜』リントヴルム様は決して暴竜などではないぞ。他国の王をことごとく虐殺して大陸を我が物にしたと言われたりもしているが、むしろそれまで大陸を支配していたのが民をしいたげていた蛮族の王たちで、リントヴルム様が圧政から民を救い、賢者にも勝るという竜の叡知のおかげで、文明が栄えたという説が有力であってだな――」

「そのご講釈は何度もお聞きしましたっ。ですが、ドラッヘンシュッツ王家に竜族の双子が生まれるたび、世の中が荒れたというのは紛れもない事実でしょう」

憤慨《ふんがい》しつつ訂正しようとしたが、苦々しい顔でさえぎってそう突きつけてきた飛鳥乃に、倖人はグッと言葉に詰まる。

元々、ドラッヘンシュッツ王国の王位継承は、第一王子が優先されるのではなく、強大な力を持つ竜族を束ねていくために『始祖竜』の血を受け継ぐ竜人の中でももっとも強い者が王として選ばれてきたのだが、過去、ずっと双子の王子は双頭の『始祖竜』のそれぞれ一頭ずつの能力を譲《ゆず》り受けたかのように、互いに同じくらい優れた力と野心を持って生まれてきたらしい。

群を抜いた力を持つ二人がぶつかり合う後継者争いは長引き——周辺国をも争乱に巻き込んで、『双竜の災厄』と呼ばれる暗黒時代となったという。

その後も稀に双子の王子が生まれると、そのたびに大陸全土を揺るがすほどの大戦が起こったせいで、いつしかドラッヘンシュッツ王国に生まれた竜族の双子は、双頭の『始祖竜』リントヴルムの呪いであり、世に災《わざわ》いを呼ぶ凶兆《きょうちょう》だと囁かれるようになってしまった。

強い力を持つがゆえに出産が難しいと言われる竜族だが、二十五年前、ドラッヘンシュッツ王国で五百年ぶりに、竜族の双子の王子が生まれたのだ。

「君子《くんし》危《あや》うきに近寄らず、というでしょう。……そもそもあんな贈り物をするなど、それだけでも喧嘩《けんか》を売っているのかと思われかねないというのに」

「あんな、とはなんだ。『あれ』は耶麻刀国の最先端技術の粋を結集した逸品《いっぴん》だぞ」

キッとまなじりをつり上げてたしなめる飛鳥乃に、倖人も聞き捨てならないと顔をしかめる。

耶麻刀の民は手先が器用なことを生かして、高品質な加工製品作りを主力産業とし、独特の発想によって様々な発明品を生み出している。

資源こそ乏しいものの、それを補ってあまりある創造力がある。そんな耶麻刀民たちを誇りに思っていて、自国の製品に絶対の自信を持っているのだ。

しかし飛鳥乃は「そういう問題ではございません」と深いため息をつくと、

「国の規模的にも体格的にも、竜族の皆様からすれば、我ら耶麻刀国民など幼子のように見えることでしょう。ですから発言や立ち居振舞いに注意して、侮《あなど》られることのない存在感を持たれるよう心していただきたい、と申しておるのです」

苦い表情でそう告げた彼の言葉に、倖人はピクリと肩を震わせ、明るい表情を浮かべていた顔を曇らせた。

「……分かっている」

分かっている。幼子、という言葉に過敏に反応して胸がギシリと軋《きし》む原因が、自分の中にある劣等感をいまだに消化しきれずにいる自身の未熟さにあるのだということも。

齢《よわい》、二十。とうに成人として認められる年を越えても、いまだ大人になりきれていない、倖人の身体。

耶麻刀国の民は純粋な人族であり、竜族をはじめとした異種の血を引く民族と比べて小柄な体格の者が多いとはいえ、第二の性の分化に関してはあまり変わらない。

生まれ持った第一の性である『男性』『女性』とは別に、成長過程で発現する、第二の性。早い者は八歳前後、遅い者でも十五を数える頃には、優れた子種を持つ性である『始祖種《しそしゅ》』、子を宿す能力の高い性『末裔種《まつえいしゅ》』――この二つの特別な種の兆候《ちょうこう》が認められなければ、第一の性に影響を与えぬ通常人の性『現種《げんしゅ》』となる。

少年の頃は、意思が強さを表すかのような強い光を宿した黒目がちできりりとした切れ長の瞳も、凜と整った相貌《そうぼう》も、俊敏さを持つしなやかですらりと伸びた手足も、「これならば将来きっと、『始祖種』として立派な天帝となりましょう」と誉めそやされ、期待を集めていた。

だが……まるで時が止まったかのようにそこからたいして成長することなく、二十を迎えてもいまだ第二の性の目覚めを迎えることすらできずにいる。

第二の性の発現の遅さから、倖人が強い力を有することの多い『始祖種』である可能性はほぼ消え、このまま変化を迎えず『現種』として固定されるだろうと囁かれている。

そして七歳年下の弟が八歳で『始祖種』となったことから、「ご兄弟が逆ならよろしかったのに」と嘆く声が出ていることも、知っている。

耶麻刀国の皇室では、よほどのことがない限りは第一皇子が皇太子となるのだが、ただ生まれた順が早いというだけで、優れた資質を持って生まれた弟を差し置いて皇太子と呼ばれることに、心苦しさを覚えていた。

十五を過ぎたあたりから、いまだに第二の性の分化を迎えられずにいるということで陰口を叩かれることが増えてきた。

いつもはずけずけとした物言いをする飛鳥乃だが、倖人が他から当てこすりや嫌がらせを受けた時はいつも我がことのように憤慨し、味方になってくれた。

なんだかんだいって心根の優しい、面倒見のいい奴なのだ。

そんな飛鳥乃だからこそ、口にする懸念《けねん》が当てこすりや身の保身のためではなく、気性が荒く残酷だと噂され、畏怖される竜人族とじかに対峙《たいじ》することの危険性を心から案じているのだと、改めて事の重大さをひしひしと感じ、胸のうちに責任が重くのしかかる。

――――それでも。

「我が国はいまだ発展途上で、普通ならば相手にすらされない小国なのは事実だ。……まだまだ未熟な私を心配する気持ちも、痛いほど分かっている。だが、だからこそこうして我が国の使節団を受け入れてくれたのはまたとない好機なんだ。だから……」

相手に怯《おび》えるあまり逃げ腰になり、なあなあで事を済ます、などということをしたくはなかった。

資源供給を他国に頼る耶麻刀国にとって、安定した物資の輸入先の確保はまさしく死活問題だ。豊富な資源を有するドラッヘンシュッツ王国との親睦を深め、国交を結ぶことができたならば、耶麻刀国にきっと多大なる恩恵をもたらすだろう。

竜族の強大な力と狂暴性ゆえに畏《おそ》れられ、難攻不落と避けられてきたドラッヘンシュッツ王国との通商条約。

もしもこの難事を成し遂げたならばきっと、耶麻刀国の皆に一人前の男として認められるに違いない――――国のために、という大義の裏に、そんな野心を抱いていた。

思いの丈を滔々《とうとう》と告げる倖人の顔を見つめ、飛鳥乃はほう、と小さく吐息を漏らすと、

「……差し出がましい口を利いてしまい、申し訳ございません。私は、倖人様の侍従でありますゆえ。貴方《あなた》にそこまで強いご意志がおありならば、それを貫くお手伝いをさせていただくのみです」

彼は苦い笑みを浮かべ、諦めの交じった声で応《こた》えた。

「ありがとう、飛鳥乃。お前ならそう言ってくれると思っていたぞ」

感謝を述べてにっこりと笑うと、

「……変わり身が早すぎますっ。なんですか、そのいい笑顔は？　まったく、小憎たらしいったら」

飛鳥乃はクッと眉間にシワを寄せ、悔しげに零す。

「飛鳥乃が甘やかしすぎたのが悪いのです」とか「その調子でせいぜい竜族の皆様もたらし込んでください」とか、ぶつぶつと呟《つぶや》く飛鳥乃に、そんなつもりはないのだが、と苦笑を浮かべつつ、倖人は城までの道中、彼をなだめるはめになった。

1

ドラッヘンシュッツ王国の王族たちが住まう、グロースフランメ城。

霊峰《れいほう》の頂上に、天を突くほどに高くそびえ立つ白亜《はくあ》の城の偉容《いよう》と、出迎える衛兵や従者たちの噂通りの体格のよさに、倖人と飛鳥乃たち耶麻刀国外交使節団は圧倒されつつ、案内されるままエントランスへと足を踏み入れた。その時、

「お許しくださいませぇ……ッ」

絹を裂くような悲鳴が響き渡り、ぎょっとして声のしたほうに視線を向けると――なめらかな肌に装飾品だけを身につけた、ほぼ全裸と言っても差し支えない姿の女性たちが、美しい顔を泣きそうに歪《ゆが》め、腰を抜かした様子で通路からまろび出てくるさまが視界に飛び込んできて、倖人は驚愕に目を見開く。

「ッ…、こ、こらっ、皆、見ては駄目だ！」

倖人は急いで背を向け、肌もあらわな姿の女性たちを凝視する侍従らを叱咤した。

いったいなにが起こっているのか、と混乱しつつ、必死に落ち着こうと深呼吸していると、

「――忘れ物だぞ」

不意に、騒然とした場に不似合いな、玲瓏《れいろう》とした声が降ってきて……同時に色とりどりの薄絹がぶわりと頭上を舞う。

見上げると、視界を覆い尽くすほどの、鮮《あざ》やかできらびやかな衣装の数々。

その非日常的な光景に、思わず呆気に取られる。

不遜《ふそん》さをにじませたその声の主が知りたくて、恐る恐る背後を振り返り――倖人は衝撃に息を詰めた。

巨大な竜の紋章が刻まれた壁を背にした、長身の男性。その姿が目に飛び込んできた瞬間――思わず、まばたきも忘れてその姿に見入ってしまう。

エントランスホールの天窓から差し込む陽を反射して、光を帯びる長い金糸の髪、切れ長の深《しん》碧《ぺき》色《しょく》の双眸が印象的な白皙《はくせき》の美貌。

そして横髪の間から覗《のぞ》く、左右の耳の少し上あたりから後頭部に向かって生えている、竜族の王族の証《あかし》である竜角。途中で二つに枝分かれしたそれは、まるでその見事な黄金色の髪を飾る白《しろ》金《がね》でできた美麗な髻華《うず》のごとく輝きに満ち、恐ろしいほど整った常人離れした容姿をますます幻想的に見せていた。

手足が長く逞《たくま》しくも均整の取れた身体に、白地に金の装飾が施された華麗な礼服とその襟元にはドレスシャツに翡翠《ひすい》が埋め込まれたタイ、豪奢《ごうしゃ》な毛皮のコートをまとったそのさまは、彼自体がまるで金銀や輝石《きせき》でできた宝物のごとき麗《うるわ》しさで……倖人の唇から、感嘆の吐息が零れ落ちる。

「な…、なにとぞお許しを…っ、エルドレッド殿下！　わ、私は、ただ殿下に悦《よろこ》んでいただきたかっただけで、決して、決して殿下を侮辱するつもりなど……ッ」

あとから衛兵に引きずられてきた壮年の男が顔面を蒼白にし、悲痛な声で訴える。

「そうだろうとも。よもや潘国《はんこく》の大臣ともあろう者が、誇りある竜族の王子たる私を、発情したオメガたちをけしかければ見境なく襲いかかるようなケダモノだ、などと考えるほど下衆《げす》で愚かなわけがないし――ましてやこの私を、種馬として扱うなどという無礼千万にして命知らずな真似をするわけがない。……なあ、大臣よ」

エルドレッドはその美しい相貌にゾクリとするような微笑を浮かべると、さらに威圧感をにじませてそう問いかけてきた。

オメガ――ドラッヘンシュッツ王国で『末裔種』のことを指す言葉だ。

肌にビリビリと突き刺さり全身の産毛が逆立つほどの迫力に圧倒され、倖人は胸に手を当て、どくどくと激しく脈打つ心臓を必死になだめる。

支配者の冷酷さと風格を漂わせるエルドレッドの、研ぎ澄まされた刃のごとく鋭い光を宿す双眸に睥睨《へいげい》され、潘国の大臣は遠目でも分かるほどにガタガタと震え、へたり込むようにして床に這いつくばる。

――彼が、エルドレッド王子……機知と智謀《ちぼう》に富み、ドラッヘンシュッツきっての名参謀として誉《ほま》れ高い、あの……。

このドラッヘンシュッツ国の第一王子にして、王の右腕としてすでに重要な政務を任されるほどの才覚を持つと称される、エルドレッド・リントヴルム・フォン・ドラッヘンシュッツ。

エルドレッドと大臣のやりとり、そして目の端に映る舞い落ちた布を急いでかき集めて身につける女性たちに、倖人はおおよその事情を察して顔を曇らせた。

――女性をこんな風に貢ぎ物や道具のように扱うなんて、なんという非道な……。

色仕掛けに微塵《みじん》もなびくことがないエルドレッドの気高きさまを目の当たりにして、倖人の胸の中に感嘆と尊敬の念が込み上げる。

けれど当の女性たちは怯えに身を震わせながらも、どこか陶然《とうぜん》としたまなざしでエルドレッドを見つめていて、衛兵たちに外に連れ去られるまで、未練がましく彼の姿を目で追いかけていた。

彼女たちは『末裔種』らしいが、圧倒的な力を持つ『始祖種』を前にすると、恐怖をも上回るほどに骨抜きになってしまうものなのか。

竜族の王子のすさまじいほどの存在感、そして周囲に及ぼす影響の大きさを目の当たりにして、倖人は息を呑む。

「……ああ。そういえば、今日は東方からもう一組、客人が来ていたのだったか」

エルドレッドはふと気づいたといった様子で、呆然《ぼうぜん》と成り行きを見守っていた倖人たちのほうへと振り向いた。

「――耶麻刀国の諸君、初めてお目にかかるな。私はこのドラッヘンシュッツ王国第一王子、エルドレッド。申し訳ないが王は今、南方へ出向いていていて、その不在の間、私が名代《みょうだい》として留守を預からせてもらっている」

低く耳触りのいい声でそう告げられて、倖人はもちろん、飛鳥乃たち耶麻刀国外交使節団の皆に緊張が走る。

世界の均衡《きんこう》を守るための調停者を自負するドラッヘンシュッツ王国軍の最高司令官を務める王

と、総司令官である第二王子のサディアスが主力の竜兵隊を連れ、南方で起こっている紛争の調停――という名の遠征を行っていることは倖人たちの耳にも届いていたからだ。

「まずは礼を言わせてもらおうか。――先日、親善の証として届いた贈り物、とても興味深い品物だった」

エルドレッドはおもむろにそう切り出してきた。

――やはり、『それ』について触れられる、か……。

贈り物の話が出た途端《とたん》、ビクッと肩を震わせ、咎《とが》める視線を向ける飛鳥乃に、倖人は苦く笑いながらも気を引き締めた。

エルドレッドが傍《そば》にいた侍従に指示すると、緋色の小箱が運ばれてくる。

小箱を開くとそこには、目映《まばゆ》いほどに光り輝く、倖人の拳《こぶし》ほどもある虹晶石《こうしょうせき》が鎮座していた。

透き通った結晶の中に、見る角度や環境によって様々な色を万華鏡《まんげきょう》のように散りばめて輝くその石は、宝玉の中でももっとも希少で高貴なものとされ、高額で取引されている。

ドラッヘンシュッツ王国に耶麻刀国の外交使節を送るための交渉の際、倖人が使者に手土産として持たせたものだ。

「正直、あまり馴染みのなかった耶麻刀国に興味を持ったのもこの宝玉のおかげだ。初めてこれを見た時、目を疑ったよ。宝玉に関しては我が国のものが大きさ、質ともに一番だと自負していたが、さすがにこれほどの逸品はいまだかつて見たことがなかったからな。おかげで一時、側近たちが色めき立って、『耶麻刀国へ遠征軍を派遣すべきだ』などと言う者まで出る始末だ」

そう言い放ったエルドレッドに、飛鳥乃をはじめとする耶麻刀国の使節団の皆はヒュ…ッ、と声にならない悲鳴を漏らし、今にも気絶しそうなほど顔を蒼白にした。

彼らが本腰を入れて侵略してくれれば、それこそ耶麻刀国のような小国などひとたまりもないだろう。

エルドレッドの様子は穏やかで、笑みすら浮かべているのだが、目の奥は笑っていない。

端整で優美な品のある面立ちなのに、その双眸には鋭い光を宿していて、近寄りがたい冷徹な威厳をまとっていた。

宝玉のように爛々《らんらん》と輝くその神秘的な瞳には人の心をも見抜く魔力が秘められていると言われていて、彼の前では嘘は通じず、ひとたび機嫌を損ねたが最後、とことんまで追いつめられ、その気になれば小さな国一つくらい簡単に滅ぼしてしまうと畏れられているのだ。

彼から漂う威圧感に底の知れなさを感じて、倖人の背にゾクゾクとした震えが走る。

場を支配するほどの迫力を漂わせるエルドレッドに、飛鳥乃たちが、ごくり、と大きく喉を鳴らし、緊張に身を強張《こわば》らせる。

——ここまで周囲を圧することができるとは……さすがだな。

怯えを感じない、といえば嘘になる。けれど同時に、どこか胸が沸き立つような奇妙な高揚感を覚えている自分がいるのも、また事実だった。

「どうした？　まさか我らの言葉を理解できないというのではあるまいな」

すっかり萎縮してしまった皆を見回して、エルドレッドが冷笑を浮かべて尋《たず》ねてくる。

「――失礼いたしました」

倖人は腹に力を込めて気持ちを奮《ふる》い立たせると、背筋を伸ばし、エルドレッドの前に進み出る。

「お目にかかれて光栄でございます、エルドレッド殿下。私は耶麻刀国皇太子、倖人と申します」

エルドレッドの存在感、そしてその迫力に負けぬよう腹に力を込め、胸に手を当てて朗々《ろうろう》とした声で名乗った。

まがりなりにも外交使節団の長としてここにやってきたのだ。当然、ドラッヘンシュッツ王国の公用語も、しっかりと勉強してきた。

力の差は歴然であったとしても、だからこそ毅然《きぜん》としていなくては。

視線を向けてくるエルドレッドを、顔をまっすぐに上げたまま、目を逸《そ》らさずに見つめ返す。

間近でエルドレッドの双眸と目が合った瞬間、まるで心臓を鷲づかみにされたような衝撃と共にバクン、と大きく脈動して、倖人は思わず息を詰める。

――なんなんだろう、この感じ……。

不安と興奮が入り交じっているような、胸がざわめいて、いても立ってもいられないような……今まで感じたことがない感覚に戸惑い、一瞬、固まってしまう。

彼もまた驚いた様子で目を見開き、倖人をまじまじと眺めてくる。

「……耶麻刀国の皇太子……君、が……?」

思わず、といった様子で零すエルドレッドに、倖人はキュッと唇を引き結ぶと、

「ッ…、私が耶麻刀国の皇太子だと、なにか可笑《おか》しいですか…?」

悔しさを押し殺し、声を低めて問いただす。

皇太子としての資質を疑われることが多かっただけに、王の名代を任されるほど信頼され、認められている彼の口から出た言葉に、つい過敏に反応してしまったのだ。

「ああ……いや、そういうわけではないのだが……気に障《さわ》ったなら、すまなかった」

エルドレッドはハッと目を見開くと、どこか戸惑ったようなまなざしで倖人を眺めつつ詫びる。

「――改めて、耶麻刀国の皇太子と使節団の皆。遠路はるばるようこそ、我が国へ。歓迎させていただこう」

気まずい空気を振り払うようにそう言って奥の間へと先導するエルドレッドに、倖人も我に返り、急いで彼のあとに続いた。

通された奥の間は、貴金属や光り物を好むという竜族らしく、ところどころに輝石が埋め込まれた大理石と金銀をふんだんに使った豪奢な内装で、聞きしに勝る豪華絢爛《けんらん》さだった。

見事な刺繍《ししゅう》の施された長椅子に座るよう促され、倖人たちが腰を下ろすと、

「……先ほどは失礼した。最近、やたらと馴《な》れ馴《な》れしく近寄ってくる輩《やから》が増えていてね。少し気が立っていたようだ」

エルドレッドは対面にある椅子に座り、ため息交じりに告げる。

「ご心労のほど、お察しいたします……と、申し上げたいところなのですが、同じ一国の皇太子とはいえ、残念ながら私にはあのように美女に群がられるなどという経験はありませんので、想像でしかないですが」

自分も過剰に反応しすぎたと反省して、軽い口調で取り成した。

竜族の直系の血を引く後継者は現在、現国王の息子である彼、エルドレッドと、双子の弟サディアスのみだが、彼らにはまだ、つがいとなる妃がいない。

敵に回せば絶望をもたらすと恐れられる竜族だけに、どの国もその後ろ楯が欲しいと思っているはずだ。

たとえ正妃にはなれなくとも、側室として寵愛《ちょうあい》を賜《たまわ》れば、強国ドラッヘンシュッツとの国交を円満にできるのはもちろん、他国からも一目置かれ、どんな兵器を持つよりも力強い国防の切り札となるだろう。

竜族は一度、生涯を共にするつがいを定めてしまえば他の者に目を向けることなく執愛する性質があると言われている。だからこそ、彼らにまだ決まったつがいがおらず、付け入る隙のある今のうちに少しでも気に入られ、繋《つな》がりを得ておきたいと躍起《やっき》になるのも分からなくもない。

――それでも。

「しかし、少なくとも我が国はそのような手段は取ったりいたしません。耶麻刀国の誇りは、領土にあらず。足りぬものも多い土地で、だからこそ生活を豊かにしようと創意工夫する知恵と、自由な発想、そうしたたゆまぬ努力を続ける耶麻刀の民たちこそが、我が国の宝なのでございます。それは、何者かに支配される中では、決して生まれないものだと確信しております」

倖人は決然と言い切った。

「そう、か……ふむ……」

真意を見極めようとしているのか、エルドレッドはなにか言いたげに眉を寄せて倖人をじっと見つめてくる。

「すぐに信じてほしいとは申しません。ですが、贈らせていただいたこの虹晶石が人工石であることくらい、殿下にはとっくにお見通しなのでしょう?」

若干《じゃっかん》やわらいではきたが、エルドレッドの横暴な態度には、竜族の『凶暴で強欲』という印象通りに演じているかのような、なにか作為的なものを感じていた。

試されている。

そう感じ、反骨心がむくむくと顔をもたげてきて、倖人はまっすぐに彼を見上げ、告げた。

するとエルドレッドは少し驚いた表情になったあと、

「……まあな。君の添え状には、これは『耶麻刀国の誇る工芸品』だと書かれていたからね。それにこの大きさでここまで純度が高いというのは、規格外すぎる。天然のものではないだろうというのは察しがついたよ」

苦く笑いつつあっさりと認めると、小箱から虹晶石を取り出し、陽光を弾いて名前通り虹色の光を放つさまを眺める。

「この虹晶石、我が国の技術者たちの手による人工石ではありますが、石を形成する成分などは天然のものとまったく同じでございます。きっと竜族の皆様のお役に立てると自信を持っている品だからこそ、贈り物として選んだのです。たとえばエルドレッド殿下の竜型となった際の強《きょう》靭《じん》な牙や鱗《うろこ》を磨いたりと、希少すぎる天然物ではできない使い道もあります。またその純度と大きさは竜人族の方々の強大な魔力を蓄《たくわ》えておく媒体としても活躍するはず。可能性は未知数だと自負しております」

竜族をはじめとして、人外の強大な力を持つ種族は、力の源である魔力をその体内に秘めているらしい。

魔力は大きな力を使う時に激しく消耗《しょうもう》するゆえに、いざという時のために魔力と波長の合う強い力を持った宝玉や金属へと貯蔵しておく、という話を聞いたことがある。

その華やかな見た目から、竜族が宝玉や貴金属などの光り物に目がない、というのは彼らの栄華と強欲さの象徴のように言われているが、単なる嗜好の問題だけではなく、彼らの力を高め、補う役割があるからこそだと踏んでいた。

「ふむ。貴君は竜族のことをよく勉強しているようだ。我らをただのアルファだと思っていたらしいどこぞの大臣とは大違いだな」

感心した様子でそう漏らすエルドレッドに、どうやら間違ってはいなかったようだ、と倖人はホッと胸を撫で下ろす。

アルファ――耶麻刀国でいう『始祖種』のことで、それだけでも貴重で優秀な種として自慢できることのはずなのだが、それを「ただの」と言ってのけるところに、彼の竜族の王子としての矜持《きょうじ》を感じた。

「……しかし、怖くはなかったのか？　もしも本当に耶麻刀国にこんな秘宝が埋まっているのだと我らが勘違いしたら……たとえそうではなくとも、これほど完成度の高い人工石を造り上げるその技術を、我らが奪おうと考えるのでは、とは思わなかったか」

「そのような愚鈍《ぐどん》な方だなどど、微塵も疑ってはおりませんでしたから」

エルドレッドの問いに、倖人は顔を上げ、首を横に振った。

「それに竜族の皆様がその気になれば、耶麻刀国に攻め入ることなど容易なはず。なのにわざわざこうして我が使節団を受け入れてくださった。その時点で我が国との交流を大事にし、見聞を広めようという深い叡知と器《うつわ》の大きさは充分に伝わっておりました。感謝こそすれ、怖がるなどとんでもない話です」

目を逸らさずに言い切る倖人に、

「君の言葉も、瞳も……まっすぐすぎて、なんだかくすぐったい気持ちになるな」

エルドレッドはどこか面映ゆそうに片眉を上げてそう呟き、フ…ッ、と表情をやわらげる。

「こうも愚直に懐《ふところ》に飛び込んでくるとは、たいした度胸だ。自国の技術に絶対的な自信と信頼があるゆえなのだろうな。耶麻刀国の皇太子の覚悟と矜持、存分に見させてもらったよ」

「……………っ」

これまで見せなかった彼のやわらかな表情を目の当たりにした瞬間——なぜだか泣き出したくなるような、切ないような……不可思議な感情が、訳も分からないままにただ、胸に迫る。

——彼に自分のことを認めてもらえて、安堵《あんど》したから、なんだろうか……？

突然襲いかかってきた強い衝動に戸惑い、倖人は息を詰めた。

そんな倖人をまじまじと見つめ、エルドレッドはおもむろに立ち上がると、

「気に入ったよ。君の話をもっと聞かせてくれないか」

そう言って、手を差し出してくる。

「はい！　ぜひともお願いいたします」

弾かれたようにして倖人も立ち上がると彼の手を握り締め、意気込んで答えた。

「もっと砕けた言葉で話してくれて構わないんだぞ。互いに一国の王子という立場なのだから」

「……ッ、はいっ」

少しは、対等な立場として認められたのだろうか。

じわりと喜びが胸に込み上げて、倖人は顔をほころばせる。

そんな倖人を見つめ、エルドレッドは目を細めて微笑《わら》うと、

「耶麻刀国皇太子の来訪を祝って、せっかくだからとっておきの酒を開けるとしよう」

そう言って、従者たちに晩餐《ばんさん》の用意をするよう命じた。


豪華な料理が振る舞われ、すっかりなごやかになった雰囲気のまま、そのまま酒宴になだれ込んだ。そして――

「少しキツすぎる酒を出してしまったか。だが君は強いんだな。たいしたものだ」

「わたくひ、こう見えて立派な耶麻刀男子れすから！」

エルドレッドに『強い』と言ってもらえたことがうれしくて、倖人は胸をドンと叩いて言い切った。

会場に十五人いた使節団も、いまや倖人一人となってしまった。

慣れぬ上に度数の高い蒸留酒を勧められ、食事が終わる頃には飛鳥乃たちはぐでんぐでんになってしまい、城の従者たちに介添えされて、この国に逗留する間使うようにと用意してくれた部屋へと案内されていったのだ。

「ひんぱいれすうぅ」と焦点の合っていない目で、それでも倖人のことを心配する飛鳥乃を大丈夫だからとなだめ、倖人は一人残って、酒豪らしく顔色一つ変えず杯を重ねるエルドレッドに付き合っていた。

こうして盃を酌《く》み交わしていると、いかにも対等な男同士の付き合いという感じがして、ますます心が浮き立つ。

「そうだな。なにしろ私に怯《ひる》むことなく、堂々と渡り合ったのだから……本当にたいしたものだ」

「らって、エルドレッド様はちゃーんとわたくひの話を聞いてくださったじゃないれすか」

上機嫌で答えると、エルドレッドが倖人の顔を覗き込んできた。

「……君は、私を畏れないんだな」

「畏れる？　なんれれすか？」

エルドレッドの双眸をじっと見つめつつ、ああ、と思い当たる。

――双頭の暴竜、リントヴルムの生まれ変わりと言われる、竜族の双子の王子の噂を知らないわけではないでしょう。

飛鳥乃の言葉を思い出して、倖人の胸に苦い気持ちが込み上げる。

「先ほどはわらひの侍従が失礼な態度を取って、すみませんれした」

「なんで君が謝る？」

頭を下げた倖人に、エルドレッドは当惑したように眉をひそめた。

「らって、最初から悪い噂を鵜呑《うの》みにされた上に怯えられていい気がする人はいないれしょう。

殿下があんな風に冷徹な態度を取っていたのも、わざとなんれしょう？」

——竜族の双子の王子は、世に災厄をもたらす——

潘国の大臣や、倖人たちを見下ろすエルドレッドの瞳には、巷《ちまた》に流れる悪評や上辺だけで勝手に判断し、怯える者に対しての嘲《あざけ》りと諦めの気持ち……そして、いくばくかの哀しさがこもっているように感じたのだ。

「……君は本当に、歯に衣《きぬ》を着せないというか……よくそこまで率直に言うな」

図星だったのか、少し困った様子ではにかんだ笑みを浮かべるエルドレッドに、ほらやっぱり、と心の中で呟く。

「わたくひは噂なんか信じていませんから。そうれなければわざわざこの国に来たりしません」

「君は簡単に言うが、こんな風に竜の懐《ふところ》に飛び込むなど、並大抵の勇気ではできないことだぞ」

ドン！　と胸を叩いて豪語する倖人に、エルドレッドは真面目な顔つきになってそう言った。

「もちろん、信用れきるかたらと思ったかられす！　わたくひ、人を見る目はあるんれすよ？

初めて見た時からエルドレッド殿下はまるで、『始祖竜』リントヴルム様のように知的で、思慮深いかたらなぁ、って」

上質な酒のもたらす高揚感と浮遊感に多少気が大きくなっている部分があるのは否めないが、だからこそ口から出た言葉は、なんの飾り気もない本心だった。

「『始祖竜』リントヴルムのことを知っているのか？」

「もちろんれす！」

ほう、と感嘆するエルドレッドに、倖人はここぞとばかりに今まで蓄えてきた知識を披露する。飛鳥乃たちにどれだけ熱弁を振るっても「また始まった」とばかりに流されるのだが、エルドレッドは興味深げに聞き入ってくれる。それがうれしくて、気持ちよく語ることができた。

「――――そこまで勉強しているとは、本当にたいしたものだな。だが、それも我が国が己を正当化するために流布《るふ》した作り話だと言う者もいるが？」

「それは違いまふ！　嘘なら色々と矛盾が出ますが、そもそも、竜に支配された、と主張される時代に、文明が大きく栄えた痕跡があってれすね……」

熱を込めて反論する倖人に、「まるで君のほうが竜族のようだな」と彼が苦笑する。

「あとは、こうだったらいいなぁ……ってわらひの願望、れすね。格好良くいてほしいって憧《あこが》れというか」

竜に対して抱いている、英雄譚に胸を躍らせる青臭い少年のような気持ち。そんな自分の想いまで熱く語ってしまったことに気恥ずかしくなって、倖人は照れ隠しに肩をすくめた。

「そこまで期待されると、なんだか怖い気もするが……君の目には、私はどう見えた？」

いつの間にか肩が触れるほど傍に近づいていたエルドレッドにあごをつかまれ、間近で顔を覗き込まれる。

「エルドレッド殿下を見たら、きっとリントヴルム様もこんな風に美しかったんだろうなぁ、って……こうして間近で見られるなんて、夢みたいれす」

彼の顔を見上げ、近くで見ても美形だなあ、などと能天気な感想を抱いて倖人はにっこりと笑う。

「――まいったな……」

「え？」

ぼそりと呟く彼の言葉に首をかしげて問うと、エルドレッドはただ苦笑を浮かべて見つめ返してきた。

「――そこまで竜に興味があるのなら、私の竜鱗紋《りゅうりんもん》を見てみるか？」

首元に絞めたタイを緩めながら、エルドレッドが囁くように問いかけてくる。

「いいんれすか？」

「普通なら決してこんな風に他人に見せたりなどしないが……私を畏れずにいてくれる皇子、君だからだ」

その言葉に、自分のことを一国の皇子として対等に扱ってくれていると感じて、倖人の胸がジン……、と熱くなった。

人払いをすると、エルドレッドはためらいなく片肌を脱いでみせる。

「あぁ…、すごい、れす……」

はだけた服の隙間から現れた、彼の鍛《きた》え抜かれた裸身。

その肩口から背中、そして腕の一部にかけて、金色の竜鱗が白色の艶やかな肌に走り抜ける神雷のごとく、猛々しくも芸術的な紋様を描いていた。

鮮やかな金色なのに、幾重にも交じり合った七色の色彩を持つ光沢を帯びていて、見る角度によって印象を変える、硬質さとぬくもりを持った竜鱗紋は、神々しさすらあって……倖人の唇から思わず吐息が漏れる。

「触ってみて、いいれすか……？」

衝動に突き動かされ、恐る恐る尋ねてみる。

するとエルドレッドは微笑って倖人の手を取り、自身の肩へと導いた。

思いのほか滑らかで、心地のよい手触りに驚きつつ、倖人は一つ一つ鱗の形を確かめるようにして、慎重に撫でていく。

「そんなにやわやわと触られるとなんだかくすぐったいな。遠慮しなくてもいいんだぞ」

「や、ほら、よく『逆鱗に触れる』というではないれすか。だから生えてるほうと逆に撫でると、激怒しちゃうくらい痛いのかなぁと思って」

思ったままを口にすると、彼は「そうきたか」と呟いて、ククッ、と愉快そうに笑う。

「本当に面白いな、君は。気遣ってくれるのはありがたいが、私の鱗はそんじょそこらの武器で

は傷一つつかないほど強靭だし、皮膚もそれに見合う頑丈さだぞ」

「れも…、こんなに美しいのに、ぞんざいに扱うなんてできません」

残念ながら、様々な宝玉を人為的に造り上げてきた我が国の技術をもってしても、この鱗の神秘的な美を造り出すことはできないだろう。

いくばくかの悔しさをにじませつつも、芸術的な竜鱗紋を目の当たりにした感動と触れられる幸運を噛み締めて、その感触を少しでもこの身に刻みつけようとゆっくりとなぞり上げていく。

撫でる手は胸の近くにまで降りて、一際《ひときわ》大振りの竜鱗紋に触れた瞬間、エルドレッドはピクリと反応してその流麗な眉をひそめた。

「あ…、すみません。お気分を悪くされましたか？」

いくら許可されたといっても、調子に乗ってべたべた触りすぎてしまっただろうか。

不安になってエルドレッドを見上げたが、しかし彼は「いいや」と首を横に振ると、不意に肩口にもたれかかってきた。

「ほ、本当にらいじょうぶれすか？」

エルドレッドもさすがに酔いが回ってしまったのかもしれない、と慌てて彼の身体を起こそうとする。だが彼は倖人の手をつかむと、

「私の閨《ねや》に送り込まれた姫や女官たちは皆、ずっとその態度の奥には怯えと、へつらうような媚《こび》を含んでいた。まるで凶暴な竜に人身御供《ひとみごくう》にされたような哀れさを漂わせて……まあそれも、色欲に理性を飛ばすまでの間だけだが」

昏《くら》い陰を含んだ声でそう呟いた。

倖人を見上げてきたその相貌は、無慈悲な捕食者を思わせるような、それでいて危ういほどの艶《あで》やかさを帯びていて、思わずドキリとしてしまう。

「だが、君は違う。私をまっすぐ見て、上っ面《つら》の見目だけではなく、竜の部分も美しいと言ってくれる……」

そう告げると彼はふと切なげに微笑んで、さらに甘えるように倖人の首筋へと鼻先を擦り寄せてきた。

「ああ……君の肌、良い匂いがする……」

「ひゃ…っ、そ、それはわたくひじゃなくて、香の匂いれすよ」

擦りつけられる鼻先だけではなく、やわらかな髪もさわさわとうなじをくすぐり、さらに少し荒くなった息までうなじを撫でる感触に、たまらず身をよじりながら、きっと服に焚《た》き染めてある香のことを言っているに違いないと主張する。

「香…、なのか……?」

エルドレッドは顔を上げると、どこか苦しげなまなざしで倖人を見つめ、ためらうように尋ねてくる。

しかしなにかを決心した面持ちで倖人を見据えると、

「……本当のことを言ってくれ。君は、オメガではないのか?」

思いつめた様子でそう問いただしてきた。

「まさか……！　耶麻刀国れは、オメガは皇太子にはなれないんれすよ？」

予想だにしていなかった彼の言葉に、倖人は大きく目を見開いて首を横に振る。

オメガ——耶麻刀でいう『末裔種』は、どの種族とも仔を成せる特性を持つ上に、生まれる数が少ないことからよからぬ輩に目をつけられることも多く、外部の目にさらすことなく大事に育てられる。それゆえ外交などには向かないとされ、皇位継承権を持つことができないのだ。

「それは分かっている。だが……」

「そもそも、我が国は色仕掛けで情けを乞うようなやり方などしないと言ったではないれすか……っ。信じてくれてはいなかったということなのれすか!?」

まだ疑惑をにじませてくるエルドレッドに、倖人は声を荒らげた。

できうる限りの誠意をもって言葉を尽くし、信頼してもらえたと思っていたのに。

だからこそ裏切られたという思いが抑えきれず、衝動のまま、彼の手を振り払う。

「待ってくれ……！　怒らせたいわけじゃなかったんだ、すまない」

憤《いきどお》りに顔を険しくする倖人に、エルドレッドは慌てた様子で言い繕う。

「君がオメガなら……私の——だったならよかったのに、と考えてしまったんだ」

「え……？」

苦しげにそう零す彼の声がよく聞き取れなくて、戸惑いに一瞬、動きを止める。

「そんな表情をしないでくれ……強引に奪いたくなってしまう」

「ん、ぅ……ッ!?」

呆然とする倖人の隙を突いて、エルドレッドが唇にくちづけを落とす。

瞬間、頭をぶん殴られたような衝撃が走り、倖人は息を詰めた。

オメガと勘違いされた、ということは……自分も物欲しそうな顔をしていたのだろうか。エルドレッドの色香にあてられて蕩《とろ》けた顔をしていた女性たちのように。

もしかしたら、強烈すぎる彼の『始祖種』としての色香は、『末裔種』どころか自分のような『現種』にすら作用してしまうのだろうか——そんな不安が頭をよぎって、ゾッとする。

——しっかりしろ…！　なにを血迷っているのだ…っ。

「ッ……！」

甘い痺れを覚え、陶然《とうぜん》となりそうになる自分を叱咤し、さらにくちづけを深めようとするエルドレッドの胸を、力を込めて突き飛ばす。

自分は卑《いや》しくも耶麻刀国の皇子なのだ。

彼がいくら竜族の強大な力を持った王子であろうとも、決して『始祖種』に屈するようなことがあってはならない。

「倖人、私は——」

「お、お互い、酔いすぎたんれす…！　少し、酔いを醒《さ》ましてきますっ」

強烈な雄の色香をにじませたエルドレッドから一刻も早く逃れたくて、彼の言葉を強引にさえぎり、倖人はもつれそうな足をなんとか動かしてその場を立ち去った。

引き止めようとする従者たちを振り切って、倖人は飛鳥乃たちが連れていかれた客室とは逆のほうへと歩を進めた。

——そんな表情をしないでくれ……強引に奪いたくなってしまう。

熱を孕《はら》んだエルドレッドの艶っぽい声を思い出して、ぶるりと肩を震わせる。

いったい、今の自分はどんな顔をしているというのか。

誰にも見られたくない。自分自身、直視するのも怖い。

ましてや、もし飛鳥乃たちに知られてしまったら……そんな考えが頭をよぎった瞬間、ゾッと背筋が凍りついた。

ただでさえ疑問視されている皇太子としての資質を、さらに疑われることになってしまう。

とにかく誰もいないところで酔いと、身体にわだかまる奇妙な熱を冷まそうと、倖人は中庭の奥へと入っていった。

「——ふう……」

庭の隅にある大木の根本に腰を下ろし、倖人はため息をつく。

ひと気もなく、聞こえるのはただ、時おり吹く風に揺れる草木のさざめきだけ。

夜も更けて、むら雲に月が隠れているせいで目を凝《こ》らさなければ視界を認識することすらおぼつかない。

いつもなら恐ろしく思うだろう闇も、今はむしろ心安らぐ。

耶麻刀国の楚々《そそ》とした花とは違う、大ぶりの艶やかな花たちから漂う芳香を楽しみつつ深呼吸していたら、徐々に気持ちも落ち着いてきた。

――いきなりくちづ…、く、口と口の接触があったから驚いてしまったが……あんな風に感情的に突っかかって、あげく逃げ出して……さすがに怒らせてしまっただろうな……。

せっかく信頼関係を築きかけていたのに、と思うと、いくら酔っていたとはいえ、自分の浅慮《せんりょ》が心底悔しかった。

悔しいが、飛鳥乃の心配が的中してしまった。

――我が国では考えられないことだが、他国では、親しいもの同士であれば男同士でも挨拶《あいさつ》代わりに接吻《せっぷん》を交わすこともあると聞いたことがある。そもそもおなごでもあるまいし、口と口が少し触れ合ったくらいでみっともなく取り乱すなど……情けない。

エルドレッドから発せられる『始祖種』としての存在感にあてられてしまった潘国の女性たちの様子を目撃したせいで、必要以上に意識しすぎてしまったに違いない。

いつまでもくよくよしていても仕方がないし、このまま逃げているわけにもいかない。信用を取り戻すためにも戻らなければ。

なんとか自分を奮い立たせ、重い腰を上げようとした、次の瞬間、

「――……ッ!?」

突如、疾風が走り抜け、竜巻のように渦《うず》を巻いて雲を薙《な》ぎ払い、大きな満月がその姿をあらわにする。

暴風の中、よろけそうになるのを足を踏ん張って耐え、倖人が空を仰ぐと――台風の目のように視界が開けたその中央に、青白い月の光を浴びて黒銀に輝く、巨大な竜の雄姿があった。

禍々《まがまが》しいほどの偉容でありながら、神秘的な神々しさをも兼ね備えたその姿は、まさに神の遣《つか》いとも悪魔とも呼ばれる最強の種族に相応《ふさわ》しい威圧感と荘厳さをたたえていた。

現実離れした光景に、ただ呆然と見惚れていると、黒銀の竜は不意に左右に大きく翼を広げ、倖人のいる中庭目がけて滑空《かっくう》してきた。

「……あ、ぁ……」

地響きを立て、目の前に降り立った竜。

突然、伝説の存在を間近にして放心状態だったせいで、竜の巨体が着陸する際に起こった地面の揺れに対応できず、身体がかしいでたたらを踏む。

倒れる、と思った次の瞬間、黒銀の竜が大きな前脚を伸ばし、倖人の身体をとらえた。

――え…？

状況をすぐ飲み込むことができずに固まっていると、黒銀の竜を取り巻く空気が変わる。

黒銀の竜の巨体が青白い光を帯びたかと思うと、その輝きは光の粒子となって立ち昇ってゆき――その幻想的な光景に思わず状況も忘れて見入る倖人の視界の中で、集まった粒子がぶわりと大きく膨《ふく》らんで、目映い光を放った。

夜の闇に慣れていた目が眩《くら》み、倖人はぎゅっと固く目をつぶって身を強張らせる。

「――おい。大丈夫か？」

呼びかけられて、恐る恐るまぶたを開く。

「え……」

すると視界に飛び込んできた光景に、倖人は目を丸くした。

目前にあったのは、黒銀の竜ではなく――雄々しく精悍《せいかん》な顔立ちの青年の姿だったのだ。

夜の闇の中でも輝きを放つ、紫紅色《しこうしょく》の双眸がこちらを見下ろしていた。

体勢を崩した倖人の腰を受け止めてもびくともしない、鋼《はがね》のような逞しい腕。

彼の引き締まった褐色の肌も異国情緒があって特徴的だけれど……なによりも目を惹くのは、月明かりを弾いて蒼銀色《そうぎんしょく》の光を帯びた漆黒の長い髪と、左右の耳の少し上あたりから生えている、黒銀の竜角。

根本で少し曲がりつつ、天に向かって伸びている立派なその竜角を見て、彼が先ほど目にした黒銀の竜であると確信する。

「もしかして、サディアス殿下……？」

「そうだが……」

倖人の問いに、彼はいぶかしげな様子で野性味のある整った相貌をしかめる。

――これが……ドラッヘンシュッツの軍神と謳われた、あのサディアス王子、なのか……。

このドラッヘンシュッツ王国の第二王子、サディアス・リントヴルム・フォン・ドラッヘンシユッツ。

第二王子といっても、エルドレッドとは双子の兄弟で、王位継承権は同等であるという話だ。ドラッヘンシュユッツが領土を広げるため、いくつもの戦に勝利していったが、年老いてきた王を支え、強大な力を持つドラッヘンシュユッツ王国軍を指揮している。強力な竜族の中でも群を抜いたすさまじい戦闘能力で一騎当千《いっきとうせん》の勇として自らも前線で戦い、数々の武勲を立ててきた軍神として、ドラッヘンシュユッツの栄光にサディアスあり、と言われている。

彼のその、目の前のすべての者をひれ伏させるほどの威圧感と圧倒的な猛者《もさ》の気配を、護身術として武芸をたしなんだだけの倖人ですら肌身に感じ取って……ゾクリと背を粟立たせる。

サディアスも父王と共に遠征へと赴いていると聞いていたが、凱旋したばかりなのだろうか。ドラッヘンシュユッツ王国軍の漆黒の将校服には、これまでに上げた武勲の証《あかし》である褒章《ほうしょう》がいくつも飾られ、輝きを放っている。

その厳《いか》めしくも勇壮な軍服が、実戦で鍛え抜かれ、隆々とした筋肉に鎧《よろ》われた見事な体軀《たいく》をさらに迫力のあるものにしていた。

「……震えているじゃないか。まあ、俺の竜化した姿を目の当たりにしてしまったのだから、無理もないが……」

「お、怯えて震えているのではありません！　なんというか、その……感動してしまって」

どこか自嘲《じちょう》的に言って苦く笑うサディアスに、倖人は反論した。

「感動、だと？」

「はいっ。万物を従えて地を駆け、悠然と翼を広げ空を自由に飛ぶ『始祖竜』リントヴルム様のことを書物で読んだ時から、一度この目で竜の姿をじかに見てみたいと思っておりました。先ほどの貴方《あなた》は、まるでその書物からリントヴルム様が飛び出してきたような雄姿で私の目の前に現れて……だからその、今の私は奮い立って武者震いしているのです！」

勇猛果敢《ゆうもうかかん》な武人として名高い彼に、怖じ気づいているなどと思われたくなくて言い募る。

すると、サディアスは少し驚いた顔になったあと、いぶかしげだった表情をやわらげて倖人の腕を取った。

「変わった奴だな、お前は。その衣装といい、体格といい、他国の者だろう？　なのに『始祖竜』リントヴルムのことをそんな風に言うとは……。それに武者震い？　こんな細っこい腕で俺と一戦交えようとでも言うのか？　ずいぶんと勇ましいことだ」

その軽さを確かめるように倖人をひょいと持ち上げて、ニヤリと笑う。

「笑わないでください、気持ちの問題ですっ」

からかってくる彼に、むきになって腕を振り払おうともがきつつ、倖人は抗議する。

「待て待て、そう怒るな」

どれだけ抵抗しようが、彼は余裕で受け止め、どこか楽しげに笑みすら見せてぽんぽんと倖人の背を撫でてくる。

どうして自分は、こんな風になれないんだろう。

勇ましく何者の力をも凌駕《りょうが》する竜への憧れには、自分がどれだけ足掻《あが》いても手に入れることができない、強く雄々しい力への渇望がひそんでいる。

利《き》かん坊をなだめるような彼の仕草に余計悔しくなって、残酷なほどの力の差にどうしようもなく劣等感が刺激され、思わず瞳に涙がにじんでしまう。

このくらいのことで男が泣くなど、あまりにみっともない。

少なくとも、耶麻刀国皇太子として、そう易々と涙など見せてはならないと教えられ、自制してきたはずなのに。

エルドレッドといいサディアスといい、彼らを前にするとどうしてこんなにも感情が高ぶってしまうのだろう。

――飲みすぎたのだろうか……？　飛鳥乃に、また叱られてしまうな。

情けなく泣いているなどとサディアスに知られたくなくて、急いでうつむいて顔を隠す。けれど、

「……少しふざけすぎたか？　すまない」

時すでに遅かったらしく、彼は弱った声で詫びて、倖人の目尻を拭《ぬぐ》ってきた。

「こ、こちらこそ申し訳ありません…っ」

戸惑いがちに涙をすくい取る彼の指の感触に、気恥ずかしさと申し訳なさが募って、倖人は顔を上げる。

そして目が合った瞬間――サディアスはまるで電流でも走ったかのように肩をぶるりと震わせると、その表情に困惑と疑念をにじませる。

「……お前、オメガ、か……？」

「な…っ、違います……！」

サディアスの口から出た言葉に、倖人はキッとまなじりをつり上げて否定した。

エルドレッドにも疑われたばかりだというのに、今度はサディアスにまで同じ疑いをかけられてしまうとは。

「そもそもなぜ、こんなところにいた。ここは部外者は立ち入り禁止のはずだぞ」

「それは、その……」

特に止められることもなかったから酔いに任せてふらふらと散策気分でやってきてしまったが、足を踏み入れてはまずい場所だったらしい。

ここに逃げ込んだ経緯が経緯だけに口に出すのが憚《はばか》られ、倖人はうろたえた。

「俺が戻ってきたのを、どこかから聞きつけたんじゃないのか？　……有象無象《うぞうむぞう》の輩に押しかけられるのを避けるために七面倒な宴《うたげ》も抜け出して、密《ひそ》かに帰国したというのに……」

サディアスは低めた声で問いただし、じわりと眉根を寄せる。

――そうだろうとも。よもや潘国の大臣ともあろう者が、誇りある竜族の王子たる私を、発情したオメガたちをけしかければ見境なく襲いかかるようなケダモノだ、などと考えるほど下衆で愚かなわけがないし――ましてやこの私を、種馬として扱うなどという無礼千万にして命知らずな真似をするわけがない。

蔑んだ双眸で大臣を見下ろし、言い放ったエルドレッドの姿が、脳裏によみがえる。

兄王と同じく彼の許にもまた、寵愛を得ようとあまたの女性やオメガたちが、側室や、あわよくば正妃の座を狙って押しかけてきているだろうということは想像に難《かた》くない。

エルドレッドとは見た目や印象は異なるが、サディアスも負けず劣らずの美丈夫で、優美な兄王が持ち得ない猛々しい雄の魅力を放っているのだから。

彼の『始祖種』らしい強烈な色香を改めて意識してしまって……ゾクリとしたものが走るのを感じ、倖人は慌ててかぶりを振った。

「……ッ、勝手なことを言わないでください！」

だからといって誤解された上に、自分のことをそんな風に思われるなど、冗談ではない。

「私がオメガで、わざわざ待ち伏せて貴方を誘惑するつもりだったとでも？　馬鹿馬鹿《ばかばか》しい……！　貴方がどれほどおモテになるのか知りませんが、いくらなんでも自意識過剰じゃないですか？」

いくら竜族の王子といえども、言っていいことと悪いことがある。

侮辱《ぶじょく》されて黙っていることなどできないし、到底容認できるものではない。

力強さと威厳に欠けると言われてきた自分の劣等感を思い切り刺激する彼の言葉に、過剰に反応してしまう自分を止められずに倖人は言い募った。

「言ってくれるな……なら、どうしてそんな目で俺を見る……？」

咎めるような、それでいてどこか切なげなまなざしで尋ねられ、倖人はきゅっと唇を引き結ぶ。

エルドレッドも似たようなことを言っていたが、自分にはそんなつもりは全然ないというのに。

「そんな目、などと言われても私には分かりません。私はオメガではないですし……そんなに疑われるのなら、どうぞ確かめてください！」

続けざまに疑われて溜まっていた鬱憤《うっぷん》を叩きつけるようにして、倖人は言い放つ。

「確かめる、って……どういうことか分かっているのか？」

「裸を見せればいいのでしょう？　構いませんよ、私は嫁入り前の女性でも、ましてやオメガでもありませんから」

予想外の答えだったのか、驚きに目を見開いてそう零すサディアスに、倖人はずいと迫り、半ばやけくそな心境で言い切った。

このまま放置して事あるごとに変に勘ぐられるのも、ましてや飛鳥乃たちの前で妙なことを口走られるのもまっぴら御免《ごめん》だ。

それくらいなら、多少恥ずかしくはあるがオメガではない証拠を突きつけて納得してもらったほうがいい。

「……分かった。そこまで言うなら調べさせてもらう。来い」

サディアスももうあとには引けなくなったのか、売り言葉に買い言葉、といった調子で告げ、倖人の手を引いて中庭の奥へと進んでいった。

入り組んだ迷路のような樹木生い茂る道を抜けたその奥には巨大な岩壁がそそり立っていて、サディアスが手をかざすと、ただの岩だと思っていた場所が、ガコン、と音を立てて外れ、入り口が現れた。

「俺専用の竜穴《りゅうけつ》だ。ここなら万が一にも誰かに見咎められることもない」

彼は振り向きざまにそう言って、中に入るよううながす。

「…………ッ」

竜穴の内部の壁や床には、岩に混じって様々な鉱石や輝石などが埋まっていて、ほのかな明かりの中、七色に輝いていた。

その幻想的な光景に思わず目を奪われていると、

「どうした。やはり怖くなったか」

サディアスに探るように尋ねられて、倖人はムッと唇を引き結ぶ。

「怖いとはなにがです？　こちらではどうか知りませんが、我が国では風呂などで男同士全裸になるなど、日常茶飯事ですから」

勢いに任せ、石帯を外して袍を脱ぎ、下に着込んだ下襲《したがさね》や袴、単衣《ひとえ》なども取り去っていく。

とうとう身につけているのは小袖のみとなって、さすがにためらいが頭をかすめた時、

「複雑な作りなんだな……」

サディアスの上ずった声が聞こえてきて、ドキリとして顔を上げる。すると――こちらをまっすぐに見据えるサディアスと視線が合い、倖人は思わず固まった。

男らしく堂々としていたいのに……全身へと這わされるサディアスの視線を意識した途端《とたん》、足がすくみ、顔が熱くなってしまう自分に歯噛みする。

その上、彼のまなざしにこもった熱に煽《あお》られるようにして、ザワリ、と奇妙な高揚感が胸の奥底から湧き出してきて……。

「……ッ!?」

自分の身体に起こった異変に気づき、倖人は驚愕に目を見開いた。

どうってことはないと大見得《おおみえ》を切ったものの、出会ったばかりの他人の前で肌をさらすなど、緊張と羞恥を感じこそすれ、気分が高ぶったり、ましてや気持ちよくなったりするわけがない。そういった性癖は断じてない。……はずだ。

――なのに……なんで、こんなことになっているんだ……!?

倖人は慌てて腰を引き、サディアスに背を向ける。

「……どうした」

そっぽを向いたまま身を強張らせ立ちすくむ倖人に、サディアスがいぶかしげに声をかけた。

「ま、待ってください、少しその、問題が……ひゃ…ッ」

異変に気づかれまいと距離を置こうとしたが、逆に背後から腰をつかまれ、引き寄せられる。

「この紐《ひも》が解《じ》けないのか?」

どこか焦れた様子でそう言うと、サディアスは倖人の小袖の腰紐をつかむ。

「だ、駄目です…っ、あ、ぁ……っ」

慌てて身をよじりサディアスの手を押さえようとしたが叶わず、腰紐の結び目を探り当てられ、そのまま解かれて……抵抗した反動でよろけ、はらり、と小袖が大きくはだけた。

その拍子に開いた小袖の裾を割って、白い胸元から腹部、そして下腹部までがあらわになってしまった。

元々裸を見せる覚悟ではあったのだが……問題は、こんな状況だというのに、なぜか陰茎が異常に昂ってしまっていることだった。

「あぁ…っ、お見苦しいところを……すみませんっ、なんだか調子がおかしくて、その」

情けなさに消え入りたい気持ちになりながらも、倖人は慌てて小袖の合わせをかき合わせて弁明した。

「でも、これで男性機能もしっかり発達していると分かったでしょう。だから私はオメガではないと――」

「それで発達しているのか?」

とにかく早くこの話を終わらせてしまおうと言い募る倖人の下腹部を覗き込み、サディアスは首をひねった。

「……どういう意味ですか?」

その怪訝《けげん》そうな物言いに男としての矜持を刺激され、キッとまなじりをつり上げて睨《にら》み、問い返す。

格別立派だと言うつもりはないが、湯浴《ゆあ》みを手伝ってくれる飛鳥乃をはじめとする侍従たちと比べてもそう卑下することはない陽物《ようぶつ》だと思っているというのに。

「種族の違いもあるかもしれないが、筋張ってもいないし色も綺麗《きれい》すぎて……俺にはどちらかというと成熟する前のものに見えるのだが」

追い討ちをかけるようにそう言って、サディアスは倖人の小袖の裾から強引に手を潜《もぐ》り込ませると、勃ち上がったままのものを指先でくにくにと刺激してきた。

「ち、ちょ…っと、んんっ、は、はな、してください……！」

与えられた刺激に下腹部に痺れが走り、倖人はうろたえて声を上ずらせる。

「感度がいいんだな……包皮が長いからか」

「ひぁ…ッ、くぅ…んっ」

先端を覆う皮をめくっては被《かぶ》せるようにして、くちくちと亀頭から雁首《かりくび》のあたりをいじられて、快感にたまらず腰をビクビクと震わせた。

力が抜け、くずおれそうになって、思わずサディアスの逞しい腕にすがる。

すると彼は、倖人の腰を引き寄せると、もう一方の手で小袖の裾の片方を大きくめくり上げてきた。

「んぁ…ッ！　ど、どこを触っているんですかっ⁉」

さらに双丘へと這ってきた彼の指の感触に、倖人は目を見開いて抗議する。

「どこ、って……オメガの器官がどこにあるのか、お前も知っているだろう」

「っ……それは、もちろん」

普通は男性性に決定した時点で退化した前立腺小室という子宮の名残《なごり》のみになるのだが、オメガの場合は前立腺から子宮に続く男性膣という器官が形成され、その奥で妊娠可能な子宮として育ち、発達する。

「だから、オメガかそうでないか知るためには、前立腺を調べるしかない」

言いざま、彼は倖人の身体を壁際へと追いつめ、ぐいっと腰を抱え上げてきた。

「……っ、な……!?」

そのまま双丘を突き出すような格好にされ、後孔の中へとじわり、と指をもぐり込まされる。

サディアスの指は内壁を這い、腹側の襞《ひだ》を探るように撫でていく。

「ひ…ッ、や、やめ……んぁ…っ」

強烈な違和感に、倖人はかぶりを振った。

侍医によって行われてきた検査でも、そこまでのことはされたことがない。

『始祖種』もしくは『末裔種』の分泌する特徴的な匂い、そのどちらに反応するかの検査や血液検査で判定され、ある程度の年齢を越えてなお、どちらの兆候もなかった場合は『現種』とされるからだ。

「このあたりにあるはずなんだが……男性膣の入り口は普段は閉ざされているとはいえ、ここまで頑《かたく》ななのは珍しいな」

「や…ッ、だ、だから、そんなもの、私にはありません…っ。ひぁっ……私は、私はオメガでは……くぅ…っ」

牝《めす》の孔《あな》を探り当てようとする指に、ありえないと、倖人は否定の言葉を繰り返して身をよじる。けれど、

「……気づいていないのか？　俺のフェロモンに反応して、発情の兆《きざ》しを見せていることに」

サディアスにそう指摘され、衝撃に思わず固まった。

――発情……？　私が、サディアス殿下に……!?

今まで、『始祖種』と呼ばれる人々にも大勢会ったことがあるが、まったく反応などしたことがなかったし、検査でもそんな予兆は見つからなかったというのに。

いったいなんの根拠があって……いや、確かに今の自分の身体が妙に昂っているのは事実だが。

けれどそれが『末裔種』の発情かどうかなど、自分に分かるわけがない。

しかし本当に、サディアスの言う通り、自分が『末裔種』だとしたら――耶麻刀国の皇太子としての権利を、喪失してしまう。

「――見つけた」

倖人の懊悩《おうのう》などお構いなしに、膨らんだ前立腺に押し上げられた内壁の中に引っかかりのある部分を見つけ出し、サディアスはしたり顔で呟いた。

その部分へ指先を押し込んでいくと……信じられないことに、つぷん、と彼の指が、内壁の襞を掻き分けて前立腺の中へと沈み込んでいった。

「ひぁ、んん…っ！」

秘められた場所を押し開かれ、襲いくる未知の感覚にゾクゾクと全身をわななかせ、混乱と怯

え、そして奥に走る甘い痺れに襲われて、倖人は胸を喘がせる。

「ほら、分かるか…？　興奮に牝孔がひくひくと蠢《うごめ》き出して、開いた孔から愛液があふれてきたのが……」

牝孔の存在を確かめながら、その淫らな反応に興奮したのか、囁く彼の声も情欲に濡れ、かすれていた。

「う…、嘘、だ……こんな……あぁ…っ」

男に、しかも『始祖種』であるサディアスに反応して、己の身体の奥に秘められていた、牝の器官が開きはじめているなんて……。

これまで存在すら認識していなかった器官を突然暴かれ、押し拡げられる強烈な違和感と、同時に押し寄せてくる腹の底まで痺れるような愉悦に、倖人は恐怖し、大きく首を打ち振るう。

「いや、だ…、あぁ……そんないやらしい音……うそ、だ……」

自分の身体に牝の部分がひそんでいたなど、到底認められず、信じられないことだと言うのに。

牝孔から男性膣の中へと指をもぐり込まされ、内壁を擦り上げられる度に、くちゅくちゅ、とぬめりを帯びた愛液が淫らな音を立てる。

自分の身体とは思えないはしたない水音に耐えきれず、倖人は喉を震わせた。

徐々にサディアスの呼吸が荒くなり、膣壁をこね回す指使いがねっとりとしたものになってきたと思った瞬間、

「くそ…、降参だ」

後孔から指を引き抜き、欲望にかすれた声でそう言うと、困惑と羞恥に身悶《みもだ》えする倖人を寝台へと押し倒してきた。

「――……ッ」

そのまま上にのしかかられ、上半身を起こした状態で乱暴に将校服を脱ぎ捨てていくサディアスの姿が視界に飛び込んできて、倖人は硬直する。

最強と名高い竜族の中でも歴戦の勇と称えられた彼の、実戦によって極限まで鍛え上げられた見事な筋肉に覆われた裸身。

かすかに汗に濡れた浅黒い肌、その無駄を削ぎ落とした、手足が長く均整の取れた逞しい肉体からクラクラするほどに立ち昇る強烈な雄の色香に、倖人は思わず息を吞んだ。

だが、なによりも――

「あ、ぁ……ッ」

彼がズボンの前を開いた途端、下穿きには収まりきらないほどに反り返りそそり立つ男根が、腹を打つ勢いで姿を現したのを目の当たりにして、たまらず悲鳴めいた声を漏らす。

大きく張った亀頭と太く隆々とした砲身は、明らかに常人のものとは異なる形状をしていて……あまりに猛々しく凶暴な男根に本能的な危機感を覚え、たまらず倖人は顔を背けた。

サディアスの逸物《いつぶつ》に比べれば、口惜しいが自分のものなど未熟と言われても仕方ない。それほど歴然とした差があった。

その圧倒的な存在感に慄然《りつぜん》とし、倖人は逃れようと身じろぐ。

だがサディアスは倖人の腰をつかみ引き寄せると、

「お前が欲しい」

怯えに揺れる瞳をまっすぐに見下ろし、熱くかすれた声で告げた。

「……ッ」

迫ってくる鋼のような肉体に恐怖を覚えるのに、同時に獰猛《どうもう》な欲望をにじませたサディアスの求めに、ゾクリ…、と自分の中でなにかが妖《あや》しく蠢き、身体の奥が発熱したかのように昂ってくるのを感じて、倖人は唇を震わせた。

「まだ成熟していないようなのに、今まで嗅《か》いだことがないほど芳《かぐわ》しく、魅惑的な薫《かお》りがする。……どうあっても、自分のものにしたい。こんなにも欲しくてたまらないと思ったのは、お前が初めてだ」

おののく倖人の頬に幾度もくちづけ、なだめるように舌を這わせながら、サディアスは低い声で囁く。

猛った昂ぶりだけではなく、少し上ずったかすれた声も、熱い肌も……全身で欲望と興奮をあらわにする彼に、呑まれそうになる。

――なにを考えているのだ、私は……ッ。

いくら自分が『末裔種』だと突きつけられようとも、どうしても受け入れることはできない。

……認めたくない。

これまで自分に対する周囲の失望の声を撥《は》ね返そうと努力し、見返そうと頑張ってきたというのに。そのすべてが、一瞬にして打ち崩されてしまうなど――

「だ…、駄目、です…っ。ぁ、んん……ッ」

流されそうになる自分を戒《いまし》め、拒もうとする倖人に、サディアスは焦れた様子で唸《うな》り、再び後孔へと指をうずめてきた。

「ひぁ…ッ！　あぁ……お、ねがい、しま…すっ、んっ、それ、やめ……ッ」

さらに暴かれたばかりの牝孔のふちを引っかくように刺激され、倖人は上ずった声で懇願する。

牝の器官で快楽を感じたりしたくない。

そう思う心と裏腹に、快感で頭は白くかすみ、まるで神経が剝《む》き出しになったように、身体は彼の愛撫に過敏に反応してしまう。

「――認めろ。お前も俺を求めているはずだ」

傲慢《ごうまん》に言い放つサディアスに反発心がぶり返し、倖人はぼやけそうな意識をかき集めて、キッと睨みつける。

「ッ……ち、違う、私は……くぅ…っ？」

けれど否定の言葉を口にした途端、まるで反抗するかのように牝孔がひくついて彼の指に絡みつき、濃くなった愛液がとろとろとあふれ出す感覚に、羞恥と困惑に見舞われ、倖人はふるりと肩を震わせた。

「ほら、こんなに熱くなっているじゃないか……快感が強くなればなるほど、オメガの愛液は濃度を増して、内壁にも刺激を与えるからな……中を掻き回してほしくてうずうずしてきたんじゃないのか?」

むず痒いような感覚と共に、下腹部がヒリヒリと熱っぽく疼《うず》きはじめたのを見透かすように問いかけてくる彼に、倖人はぎゅっと歯を食いしばる。

「強情だな。認めればいくらでも穿《うが》って、満たしてやるというのに……こんな風に」

耳元で甘く囁きながら、彼は倖人の牝孔を二本の指で押し開くと、じゅくじゅくと淫らな音を立てながら奥に秘められた膣壁を擦り上げていく。

「ひあぁ……ッ!」

その瞬間、強烈な快感が身体の芯を貫いて、衝撃にあられもない声を漏らしてしまう。

喘いだ拍子に倖人の口の端から、ツ…と零れた涎《よだれ》を、サディアスの舌先が舐め取ってくる。

「んぅ…、ふぁ……んんっ」

くちづけられて唇を吸われながら、指を内奥まで突き入れられて蜜壺を掻き回され、思わず甘く濡れた声を漏らしてしまう。

このままだとまずい。そう思いながらも身体は痺れたように言うことを聞いてくれなくて……。

恥辱と愉悦に翻弄《ほんろう》されて大きく上下する倖人の胸に、サディアスが視線を落とすと、

「お前の乳首……さっきは小さくて淡い色だったのに、こんなに赤く尖って…、まるで誘っているようだ……」

吐息交じりに呟き、倖人の胸の先へとくちづけてきた。

「ひん…ッ」

固くしこった胸の尖りを濡れた粘膜に包まれた瞬間、痺れるような快感が走って、ビクン、と肩を震わせる。

サディアスはそのまま倖人の胸の先をくわえると、乳頭を舌先で転がすように愛撫してきた。

「んぁ…ッ！　くぅ、ん……ひぁ…っ、そ、そんなに、んん…っ、しな…いで、くださ、ぃ…ッ」

その上、唇と舌を使ってちゅくちゅくとしごくように吸い上げられ、強烈な愉悦の波に襲われて、倖人は思わず悲鳴めいた声を上げた。

「ああ…、さらに膨らんできたな……牝の快感を覚えはじめた粘膜を刺激されるのが、悦《よ》くて、たまらないんだろう……？」

サディアスは欲情にかすれた声でそう言って微笑うと、倖人の後孔へとうずめた指で、前立腺の中にある牝孔のふちをめくり上げるようにコリコリと刺激する。

「や、あぁ…ッ！　こんな……ゃ、だ…、あああぁ……ッ」

乳首と牝孔を同時に攻め立てられて、身体を貫く鮮烈な快感に、倖人はきつく背をしならせて、極まった。

……と思ったのに、陰茎からは透明な雫《しずく》が零れ落ちるだけで射精感はなく、しかも陰茎もまだ萎《な》えるどころか昂り続け、発熱したかのような身体の熱も引いてはくれない。

それどころかますます全身が火照《ほて》ってきて、目の前がもやがかかったようにかすみ、鼓動が激しくなっていく。

——おか、しい……こんな……ッ。

自分はどこか壊れてしまったのだろうか。

いまだ下腹部で重く渦巻く欲望に煩悶《はんもん》する倖人を眺めながら、サディアスはうっとりと目を細めると、

「お前も俺を欲しがってくれているんだな。こんなに牝孔をひくつかせて……」

欲望にかすれた声で低く囁いてきた。

彼のその獰猛なほどに濃く漂う雄の色香を感じると、それだけでゾクリと被虐《ひぎゃく》的な快感が走り抜ける。そんな自分に、絶望的な気持ちになった。

身体の芯が熱く痺れるような感覚と共に、奥底から妖しいさざめきが起こり、下腹がきゅうきゅうと疼いて、飢えにも似た感覚に見舞われる。

「違、ぅ……欲しくなんて……そんな……そんなこと…っ」

耶麻刀国の皇太子として恥じぬ男で在《あ》るように、とずっと己に言い聞かせてきたのに。

男を求めて身体を疼かせている自分など、認められるわけがない。

己の中で増殖し続ける恥知らずな欲望を振り払おうと、倖人は必死に首を打ち振るう。

「ほら……俺も、お前が欲しくてたまらない。分かるだろう……？」

だがサディアスは倖人の手を取ると、自身の下腹部へと導いた。

「あ、ぁ……うそ、だ……こんな……」

握らされたサディアスの男根は、恐ろしいことに先ほどよりもさらに猛って大きく膨張し、その凶悪さを増してドクドクと脈打っていた。

それなのに。瞬間、倖人の背を駆け上がったのは、恐怖ではなく……まぎれもなく恍惚《こうこつ》だった。

「欲しいだろう……？」

倖人の内側にこもる快楽を見透かすように、サディアスは熱のこもった囁きと共に、後孔に猛る欲望を擦りつけてくる。

「だめ…です……それだけは……や、ぁ……っ」

怯えに喉を引きつらせて拒みながらも、抑えきれない情欲が倖人の中に湧き上がってきて……いつの間にか込み上げてきた涎をごくりと飲み干した。

倖人の中に芽吹いた欲望を思い知らせるように、サディアスは昂ぶりをじわり、と後孔へともぐり込ませてくる。

「んあ…ッ！　くうぅ……んッ！」

狭くすぼまった後孔が太く逞しいもので押し拡げられて、苦しいのに、それでも下腹部にわだかまる熱は引かず、むしろもっと奥に欲しいといわんばかりに腰は淫猥《いんわい》にひくつき、陰茎は痛いほど勃ち上がってトロトロと蜜を零し続けていた。

「ッ…、なんて身体、だ……っ」

サディアスは低く唸ると、倖人の淫らな反応に急《せ》き立てられるようにして、ぐぶりと牝孔に昂ぶりを穿っていく。

「ひぁ…ッ！　う…あぁ……それだけは、やぁ……っ」

今まで秘められてきた器官が雄のもので押し開かれる感覚に、倖人は首を打ち振るいながら、

快感の波にさらわれそうになる意識を必死に繋ぎとめ、抗議の声を振り絞る。なのに、

「そんなとろけた顔をして拒んでも、逆効果だぞ」

サディアスはこらえきれない、といった様子でブルリと肩を震わせると、昂ぶりを男性膣の最《さい》奥《おう》まで突き入れた。

「くうう…っ、んぁ……んん…ッ！」

愛液に濡れて疼く膣壁を押し拡げられ擦り上げられる愉悦。その今まで覚えたことのなかった鮮烈な感覚に、たまらず倖人はかぶりを振った。

「ああ…、こんなに濡れているのに、きつくて……もっていかれそうだ」

自身の欲望を倖人の中に最後まで収めきると、サディアスは感嘆した様子で唸り、満たされた息を吐いた。

荒くなる呼吸に上下する胸の先で震えつつも淫らに熟《う》れていく倖人の乳首を愛《め》でるようになぞりながら、彼は動きを再開する。

「くぅ…ッ。あぁっ、やめ…、ひぃ……ん！」

敏感な粘膜を同時にこねられ、刺激されて、激しく襲いくる快感に煩悶し、倖人は拒絶の言葉を重ねながらも、こらえきれない悦楽にビクビクと身体を跳ねさせた。

全身が熱く火照り、下腹部はまるで焼けつくような疼きに支配されていく。

自分さえも知らなかった己の身体の秘密を暴かれ、今まで知ることのなかった深い愉悦に翻弄され、身悶えることしかできなくなって……。

「ここが気持ちいいんだな？　蜜があふれてきたぞ……」

「い、いや……いやだ……あ、ぁ……」

男性膣から子宮に続く入り口を突かれるたびに生み出される、快感の雫。それが昂ぶりに掻き出され、じゅぷじゅぷと耳を塞ぎたくなるほどに猥《みだ》りがましい音を立て、否定の言葉も甘くかすれていってしまう。

知りたくなどない。

これまで触れるどころか、認識さえしていなかった器官をこじ開けられ、雄の欲望を受け入れさせられるというあるまじき行為によって、今まで男性として築いてきたものが吹き飛んでしまうほどの快楽を覚えてしまうなんて。

自分の中に、こんな性が棲《す》んでいることに気づきたくなどなかった。なのに……。

「あぅ……くぅ、んッ！　あぁ……いや、だ……気持ちよくなんて、ない……気持ちいいはずが、ない……ッ」

これまでの自分を壊されていくようで、必死にかぶりを振ってうわ言のように繰り返す。

そんな倖人の頬を、サディアスは大きな手のひらでそっと撫でると、

「大丈夫……気持ちよくなるのは当然のことだ。前立腺から発達しているゆえ、男性膣は女性のものよりも敏感で感じやすく、途方もない快感を覚えるというからな。怯えないで、素直に受け入れてくれ……お前に気持ちよくなって欲しいんだ」

自身もまた、情欲にかすれた声で囁く。

彼の熱っぽく濡れたまなざしに見つめられた瞬間、きゅうぅ…っと下腹部が疼くような感覚に見舞われて、倖人は、どうして…、と惑乱する。

サディアスは吸い寄せられるようにして、愉悦に紅《あか》く染まった倖人のうなじへと顔をうずめると、

「ッ…、ああ……俺の子種を受け入れる準備ができてきたのか？　うなじからの匂いが強くなってきた……たまらないな……」

熱っぽくそう囁いて、首筋を舐め上げてくる。

「あぁ…っ、駄目、だ…ッ。やぁ……っ」

首筋に、チリリとした刺激を感じ、倖人は悲痛な声を漏らした。

『末裔種』は、発情時に『始祖種』にうなじを嚙まれてしまえば、その嚙み痕はずっと消えることなく、つがいの証である『婚姻印』としてその身体に刻まれ、相手からもう一生離れることはできなくなってしまう――他人事の知識として覚えていた、つがいという宿命が己に重くのし掛かってきて、倖人は必死に身をよじり逃れようとする。

『始祖種』の中でも特に強大な力を持つ、竜族の王子であるサディアスのつがいとなってしまえば、もう絶対に後戻りなどできなくなってしまうだろう。

一生を縛られる、『運命のつがい』という楔《くさび》。

「んぁあ……んッ、いや、ぁ…っ、それだけは……ゆ、許して、ください…ッ。つがいにされてしまったら、皇太子として、いられなくなる…っ」

『末裔種』であることが露見《ろけん》すれば、皇太子としての権利を剝奪《はくだつ》されてしまう。

絶対的な力に組み伏せられ、自分の意思とは関係なく、人生を運命づけられる。

いきなり突きつけられた理不尽な定めを受け入れる覚悟など、できるわけがない。

倖人の言葉に、サディアスは大きく目を見開いた。

「すまない――もう、限界…だ」

だが興奮にひずんだ声で唸るように告げると、彼は己の牙を桜色の肌に突き立て、倖人のうなじをきつく吸った。

「ひぃ……んんッ!!」

その途端、目の前が激しく明滅《めいめつ》して、一瞬意識が飛ぶ。

けれど再び腰を揺すぶられて、目を覚ます。

気づくと、倖人の陰茎から飛び散った白濁が腹部に飛び散っていた。

「ッ、奥で達したのか……俺も…ッ」

息を乱しながら一際激しく腰を揺すり入れると、サディアスは倖人の内奥めがけて勢いよく子種を注ぎ込んでいく。

「んぁ…ッ！　あ、ぁ……やめ……やや子が、できてしまぅ……っ」

長く続く射精で膣壁を満たされていく感覚に、倖人は涙声で訴えた。

「孕めばいい……もうお前は俺のつがいなんだから」

倖人のうなじを撫でながら、サディアスが陶然とした声で囁いてきた。

噛まれた部分がじんじんと熱く疼く感覚に、婚姻印を刻まれてしまったことを悟り、もう引き返せないのだという事実を突きつけられ、たまらず瞳に涙をあふれさせた。

「くぅ…んんっ、駄目……ひぁぅ…んっ！」

「考えなくていい。俺に任せて……そのまま素直に感じていればいいんだ」

押し寄せてくる未知の快楽と妊娠の恐怖に怯える倖人の背を抱き締め、涙に濡れた目尻や頬、そして震える唇へとくちづけを降らせていく。

理不尽な運命を強いてきた彼が憎いはずなのに。

熱っぽく見つめられることに、その逞しい腕に包まれることに、そして狂おしく求められることに、胸が震え、恍惚にも似た感覚がとめどなく湧き出してきて――

「あぁ……おかしく、なる…っ、身体の奥から、また、なにかが……やぁ……ッ」

蜜でぬめる肉壁を擦り立てられ、子宮口まで刺激され続けて、倖人は体内で荒れ狂う快感にガクガクと全身を痙攣《けいれん》させながらすすり泣く。

「いくらでも、満足するまで与えてやる。可愛い、俺の……」

熱い吐息と共に耳元でそう吹き込み、サディアスは倖人の中を蹂躙する律動の勢いを増した。

「あぁ…っ、ひあぁ……来る……また、来てしまうぅ……んんっ、もう……んあぁ…ッ！」

二人の体液で濡れ、発情して熟れきった粘膜を思い切り掻き回されて、倖人は目も眩むような快感と共に、極みへと昇りつめていった――

途方もない悦楽の余韻に放心し、魂《たましい》が抜けたようにぐったりとしていると、

「大丈夫か……？」

頬をそっと撫でられる感触と共に、気遣わしげに声をかけられる。

「ん、ぁ……」

サディアスの呼びかけになんとか我に返って、ぼんやりとまぶたを開ける。

すると、心配そうに見下ろすサディアスと目が合った。

――サディアス、殿下……？　なんでそんな顔を……。

困惑に身じろぐと、ぬとりと二人の体液に濡れた感触がして……その瞬間、一気に意識が引き戻され、倖人は自分の状況を思い出して青ざめる。

そうだ。自分は彼によって『末裔種』として初めての発情を迎え……あまつさえこの体内に子種まで受け入れてしまったのだ――

痴態《ちたい》をさらした羞恥と罪悪感におののく倖人を、サディアスはなだめるように腕の中に包み込むと、

「怯えないでくれ。……まだ、発情も知らなかったのだろう？　途中で気づいたのに、抑えきれなくなって……無体なことをしてしまって、すまなかった。だが絶対に、大事にするから」

倖人の指先を手に取って、うやうやしくくちづけて誓う。

痴態を見られただけでなく自分の未熟さまで知られたこと、そして真剣な彼の求めに、悔しさと憤り、そして羞恥に頬が熱くなるのを感じて、倖人はいたたまれずに顔を背けた。

身を強張らせて押し黙る倖人を、サディアスはしばらくただ抱き締めていたが、

「それにしても……こんなにも初心《うぶ》だというのに、戦帰りで興奮した状態の俺に差し向けて、誘惑させるとはな。いったいどこの誰に、こんな無体なことを命じられたんだ？」

ボソリと、義憤をにじませた口調でそう問いかけてきた。

「わ、私には、そういった意図などありませんでした…っ」

「いや、すまん。お前を責めているのではないんだ。――しかし、お前にはなにも知らせず俺の元に仕向けたのだとしたら、ますます許しがたい」

誘惑、という言葉に倖人は愕然としながら言い返したけれど、彼はいたわしげなまなざしを向けつつも何者かの関与を疑う態度を崩さない。

「我が国には、そのようなことを命じる者などいません……！」

他国が『末裔種』を使った色仕掛けをどれほど多く行っているか知らないが、自分たちは違う。

むしろそういった行為を忌《い》み、厳しく禁じている。

強大な力を持たない代わり、繁殖力に優れ、どんな種族とも仔を成せる耶麻刀国の『末裔種』。

その性質ゆえに政治の駆け引きに利用しようとした時期もあったが、結局他国の王族や商人に目をつけられ、『末裔種』の誘拐や略奪が後を絶たず国が荒れる原因にしかならなかったという苦い過去の教訓があったからだ。

「……自国をかばう気持ちは分かるが、しかし」

「かばってなどいません！　使節団としてここに来ることを計画したのも、先導したのも、耶麻刀国皇太子である倖人、この私自身です」

心配しつつもあくまで懸念を消そうとしない彼に焦れ、倖人は決然と言い放った。

「耶麻刀国の皇太子……？　しかし、お前は……」

サディアスは眉を寄せ、困惑した様子で言葉を濁らせる。

「――……ッ」

分かっている。

自分が『末裔種』だと分かった以上、もはや耶麻刀国皇太子を名乗ることはできない。

それでも――今までずっと皇太子として期待され、それに応えるために生きてきたのだ。

突如「やはり皇太子として適任ではなかった」と言われても、はいそうですかと納得することなどできない。

「すまない……本当に、自分の身体のことをなにも知らなかったのか……」

倖人の態度にサディアスは事情を察したようで、顔を曇らせつつ、なだめるように背を撫でてきた。

「……ッ」

けれど彼の慰めがかえって心に突き刺さり、倖人は触れてくる彼の手をとっさに振り払う。

その瞬間、彼が苦しげな表情を浮かべたのが見えて、倖人の胸がズキリと痛んだ。

サディアスが悪いわけではないのに。

そう分かっているのに、頭の中がぐちゃぐちゃになって、考えがまとまらないのだ。

羞恥や憤りや罪悪感や喪失感……様々な感情が押し寄せて叫び出したくなる衝動を、唇を噛み締めてなんとかこらえると、

「すみません、頭が混乱して……侍従と話をしてきます」

サディアスの傷ついた顔を見るのが怖くて、倖人は彼から目を逸らしたまま、急き立てられるようにして服を身につけると、彼の竜穴をあとにした。

3

飛鳥乃たちの元へと戻ろうと、倖人は来た道を引き返していた。

サディアスから……というより、信じられないような痴態をさらしてしまった事実と、そしてそれこそが自分の本性なのだと認めることから、逃げるようにして必死に歩を進めた。

けれど中庭から城へと続く入り口が見えてくると、これから待ち構えているだろう現実を思い、途端に鉛を詰められたかのように胸が塞がり、足取りが重くなる。

——私が『末裔種』だと知ったら……皆、どのように思うだろう。

下腹部の疼痛《とうつう》がぶり返し、その原因となった激しい性交が脳裏によみがえって、倖人は眉根をぎゅっと寄せた。

そもそも飛鳥乃たちはあくまで皇太子に仕《つか》える東宮侍従であって、皇太子でなくなれば皆、倖人の下から去っていってしまうだろう。

時にうっとうしく思ったこともあるけれど、飛鳥乃の小言を聞くことも、もうできなくなるのだ——そう想像しただけで、泣きたくなって倖人は唇を噛む。

『末裔種』だと知られれば、こんな風に外交に携わることもできなくなるだろう。

自分が諸外国との架け橋となって、耶麻刀国の良さを伝えるのだ、と意気込んで準備してきた様々なことも無に帰《き》してしまうのかと思うとどうしようもなく空《むな》しくなって、呆然と立ち尽くす。

「――倖人様？」

けれどふいに呼びかけられ、ドキリとして振り返ると、見回りをしていたらしい城の衛兵がこちらを見つめていた。

「ご気分は落ち着かれましたか？　エルドレッド殿下が心配しておられましたよ」

「エルドレッド殿下が……」

衝動的に飛び出してしまったことを思い出し、申し訳なさにうなだれる。

「ええ、今は刺激しないほうがいいだろうと、貴方を追いかけるのも我慢なさっていたのですが――」

「どうなさったのですか？」

ふと話の途中で言葉を止めた衛兵に、倖人は首をひねる。

「い、いえ。とりあえず、こちらへ」

だが衛兵は、はぐらかすようにぎこちなく視線を逸らすと、倖人を先導した。

「倖人……！」

案内された部屋に入るなり、エルドレッドは立ち上がり倖人へと駆け寄ってきた。

「突然飛び出したりして、その……本当に申し訳ありませんでした」

「いや、そんなことは構わない――」

倖人の謝罪に彼はそう返したが、なにかに気づいた様子で顔を険しくすると、ゆっくりと衛兵へと視線を移す。

エルドレッドに鋭いまなざしを向けられた衛兵は、顔面を蒼白にして深く礼をすると足早に退出していった。

「……あ、あの」

エルドレッドの全身から怒りの波動のようなものを感じ、やはり失礼な態度を取ってしまったことに腹を立てているのかと、倖人はおずおずと彼を窺《うかが》う。

「――いや、すまない」

しかし倖人へと向き直った瞬間には、エルドレッドの顔からは先ほどまでの毒々しい気配は消え去って、優美な笑みが戻っていた。

気のせいだったのだろうか、とホッと胸を撫で下ろしたが、

「倖人。……もしかして、私の弟と会ったのか？」

エルドレッドにそう問いかけられ、サァッと血の気が引く。

答えられずうつむいていると、ふいにあごに手が伸びてきて、強引に上向けられる。そして、

「……どうした、こんなに震えて」

口元に静かな笑みを浮かべ、エルドレッドが顔を覗き込んできた。

探るようなまなざしを向けられ、唇が小刻みに震え、ドクドクと心臓が不穏な音を立て脈打つ。

――目だけが、笑っていない。

それに気づいた瞬間、ゾクリと背筋に寒気が走った。

なにか気づいているのだろうか。

そう思うけれど、頭が混乱しすぎてなにをどう言えばいいのか分からず、唇からは震える息しか出てこない。

「君も知っているだろう？　この国の第二王子サディアスだよ。――君からは、弟の匂いがする」

「……ッ！」

突きつけられた言葉に、倖人は息を呑んだ。

――他人からそんなにはっきり感じ取れるほど、匂いが残っているなんて……。

「しかも、うなじに噛み痕まで残して……」

さらに重ねて告げられたその指摘にギクリとして、首に手を当てる。確かにそこには、サディアスにつけられたばかりの婚姻印があった。

「私が聞いた時、君はオメガであることを否定した。だが弟にはオメガであることを認め、受け入れたんだろう」

「それは…っ、認めたわけでは……！」

そう言って傷ついた顔になるエルドレッドに、慌てて弁明する。

「……どういう意味だ？」

怪訝そうに尋ねてくる彼に、倖人はきゅっと眉根を寄せる。

「本当に、私は自分がオメガだと知らなかったんです……サディアス殿下にも、同じように違うと否定したけど、信じてもらえなくて……」

なにを言ってても言い訳になってしまうのは分かっている。けれど故意に騙《だま》そうとしたわけではなかったことだけは分かってほしくて言葉を連ねた。

「まさか……無理矢理犯されたのか？」

「い、いえっ、私が悪かったのです！」

彼のその物騒な物言いにギョッとして、慌てて訂正すると、

「サディアスをかばっているのか？」

どこか責めるような口調で問いつめられる。

「そうではなく、本当に…っ。信じてもらえないのが悔しくて、私が挑発的な態度を取って、無防備に確かめればいいなどと言ってしまったから……しかも、その……おそらく先に発情してしまったのは、私のほう、です……」

これ以上誤解させて事態をこじらせるわけにはいかないと必死に言い募る倖人に、エルドレッドは己を落ち着かせようとしてか、深く重いため息をついた。

「君が嘘をつくような子ではないことは分かっている。稀に第二の性の発育が遅く、発見が遅れる場合があると聞いたことがあるが……しかし竜族の、しかも戦帰りのサディアスの凶悪なフェロモンにあてられて本格的に発現した、ということだろうな」

どこか諦めたような、悟ったような。複雑そうな面持ちで彼はひとりごちた。

「倖人。君はこのままサディアスのつがいになりたいのか？」

「なりたい、って……なるとかならないとか、私が決められることでは……それに、もう『なっ

て』しまっているのですから」

エルドレッドの問いに、倖人は首を横に振った。

互いに発情した状態でうなじに婚姻印まで刻まれてしまった時から、自分はサディアスとつがいとなったのだ。ただ、それを自分が受け止めきれていないだけで……。

「普通ならばそうだ。だが、おかしいと思わないか。一度発情したならば通常、一週間ほどそれは続く。性衝動が止まらず互いに身体を貪り合わなければいられないほどの、強烈な欲望が」

「……え？」

「だが、君が部屋を出ていってまだ数時間しか経《た》っていない。なのにすでにある程度衝動が治まって、こうしてサディアスの元から離れている」

「……それは……」

確かに、今はもうおかしくなりそうなほどのあの疼きは鳴りをひそめている。

けれどなにが正常なのか、『末裔種』としての自覚もまだない状態の自分には、判断のつけようがない。

「しかももう一つ、すでに弟とつがいが成立しているならばありえない症状が起こっている」

「どういうこと……ですか？」

想像もしていなかったことばかり身に振りかかり、混乱する頭の中を少しでも整理したくて、倖人はすがる思いで尋ねる。

するとと少しの間、エルドレッドは考える素振りを見せていたが、

「……もしかしたら、まだ君は正式にサディアスとつがいになっていないのかもしれない。これまで君がオメガと気づかなかったということは、オメガの因子がいまだ不安定なのか、それとも……」

意を決したように表情を引き締め、そう告げてきた。

「オメガになったのは一時的だということですか!? まだ定着していない可能性が…っ？」

ひょっとしたらまた『現種』の状態に戻れるかもしれない。だとすれば、皇太子としての立場を放棄しなくてもすむ。

そんな希望に勢い込んで詰め寄った倖人に、エルドレッドはいや…、と首をひねった。

「それは分からない。君の肉体がどこまでオメガ化しているかにもよるだろうし……だから、見せてくれないか」

「み、見せて、っ…て……」

そう言って、ジリ…、と迫ってくる彼に、倖人はうろたえ、あとずさる。

「君のオメガの部分を」

「そんな…ッ」

思いがけない展開に怯えた声を上げると、倖人はエルドレッドの顔を見上げる。

その表情は至極《しごく》真剣で、冗談やからかいで言っているわけではないと分かる。けれど……。

――見せる、って、サディアスの時のように、尻の奥を……？

後孔の中どころか、さらにその奥に秘められた牝孔まで暴かれた、己の恥ずかしい姿を思い出し、恥辱にカアッと身体が火照る。

　恥ずかしさのあまりエルドレッドの顔が見られずうつむいていると、不意に彼の手が倖人の服へと伸びてきた。

「やめ……っ」

「なにを怯えている？　サディアスとつがいになったんだろう。ならばもう、サディアス以外にヒートを起こすことはない、つまり私に欲情することも、させることもない。そうだろう？」

　――ヒート……『末裔種』の発情期のことか。

『末裔種』がつがいのいない状態で発情期を迎えると、自分の意思に関係なく『始祖種』や時には『現種』までもを強烈に惹きつけてしまうという。

　自分がそんな淫らな存在になったのだと改めて思うと、いたたまれなくてたまらなくなる。

　だが、つがいが定まれば、つがい以外には性的衝動を持つことも、つがい以外を惹きつけることもなくなるらしい。

　そう考えると、サディアス以外に痴態をさらさずに済む分よかったのかもしれないとも思える。

　ならば、エルドレッドを殊更《ことさら》警戒することはない、のだろうか。

「確かめるだけだ。……頼む。そうしなければ、私自身納得ができないんだ」

　そう言われてしまうと、知らなかったとはいえ結果的に彼を欺《あざむ》いてしまった申し訳なさと、それで償《つぐな》いになるのなら、という思いが湧いてきて、抗《あらが》う気持ちがしぼんでしまう。

　エルドレッドが倖人の腰へと手を伸ばし、石帯を外す。

「……ッ」

少しの間、自分さえ恥ずかしさを我慢すれば……。

そう己に言い聞かせ、固く目をつぶった。

羞恥に身を強張らせながらも抵抗を止めた倖人の身体から、袍や下襲、袴と、幾重にもつけた装束《しょうぞく》が剝《は》ぎ取られていく。

最後に残った小袖もエルドレッドの手で帯を解かれ、襟元を大きく開かれて……あらわになった胸元に視線を向けられた。

「よほど可愛がられたようだな。乳首が、こんなにも熟れて尖っている……」

「あ……ッ」

いまだ冷めやらぬ快感の余韻に固くなり、ぷっくりと膨らんで紅くなっている胸の先。それを見られていると思うとどうしようもなくいたたまれなくなって、倖人の唇から小さな息が漏れる。

たまらず襟元を掻き合わせ隠そうとすると、

「隠すな。――なにがあったのか、すべて私にさらけ出すんだ」

エルドレッドは低く命じてきた。

その憤りと欲望の入り交じった声に、ゾクリと倖人の背筋に震えが走る。

――なにか、おかしい…っ。

自分に向けられる彼のまなざしが、危うい熱を孕んでいるような気がして、身体に疼きが走る。

倖人は長椅子へと追いつめられ、尻餅をつくようにして座り込んだ。

するとエルドレッドがのしかかってきて、瞬間、倖人の中に本能的な怯えが湧き上がり、身を翻《ひるがえ》して逃れようともがいた。

しかし腰をつかまれ、逆に双丘を突き出すような体勢を取らされてしまって、倖人は鋭く息を呑む。

「う……っ」

エルドレッドの荒くなった呼気を感じると共に、恥部に彼の視線が這わされていくのを感じ、倖人は羞恥にうめいた。

「これが、君の……ああ、蕾《つぼみ》が痛々しいほど腫《は》れているな……少しふちに触れただけでひくひくと震えて、紅い内奥が見え隠れして……なんて淫らなんだ」

必死に足を閉じようともがく倖人を嘲笑うように、エルドレッドは後孔を覗き込んで感嘆の吐息をつく。

恥ずかしい箇所を間近で見つめられ、さらに淫猥な己の身体の反応を突きつけられて、あまりの恥辱に倖人の全身が小刻みに震え出す。

そしてエルドレッドの指で後孔を押し開かれた、その瞬間、

「あぁ…ッ、いや…だ……」

とろとろと、サディアスに注ぎ込まれた欲望の残滓《ざんし》が後孔から零れ落ち、絶望の声を漏らす。

「サディアスめ……」

「ひぁ…っ!?」

獰猛な唸りと共に、後孔へと突き入れられた指はそのまま性急に牝孔まで抉《えぐ》ってきて、衝撃に倖人は目を大きく見開いた。

「んんっ、ぁ…っ。も、もう、分かったでしょう……だから、抜いて…っ」

指を押し入れられたことでさらに後孔から精液があふれ出してくる。いたたまれず懇願したというのに、指が中でさらに動くのを感じて、倖人は抗議した。

「掻き出さなければ妊娠のリスクが高くなるぞ。……それとも、孕みたいのか？ あいつの仔を」

「は、孕む……？ んぁ…ッ、そんな……あぁ…ッ」

まだ自分が『末裔種』だということすら受け入れられていないというのに。

耶麻刀国の皇太子として育てられてきて、いずれは世継ぎを作らねばならないとは思っていたが、自分が子を宿す立場になるなどと誰が想像しただろう。

自分が自分ではなくなってしまうような、そんな混乱と恐怖に打ち震える。

「まだあふれてくるぞ……いったいどれほど注ぎ込まれたんだ」

「や…っ、あぁ……い、言わないで、くださぃ…、くぅ…んっ」

おかしい。

エルドレッドの指にしとどに濡れた膣壁を掻き回され、擦られていくたびに、奥がまたずくずくと疼き出し、飢えのような欲望が首をもたげてくるのを感じて、焦りと困惑、そしていくら打ち消そうとしても湧き上がる快感に声を上ずらせた。

――これでは、まるで……っ。

「も、もぅ…っ、いいですから……あぁ…、やめてくださ……んんッ！」

　むず痒いようなじりじりとした疼きを訴える内部を穿たれる刺激、そして白濁が掻き出されて内壁を伝い落ちていく感触にすら、身体が熱く火照り、痺れるような愉悦を覚えてしまう。

　そんな自分を知られたくなくて、倖人は必死にこれ以上させまいと、身をよじって抗う。

「本当に嘘つきだな……君は」

　本能的な欲望に呑まれまいともがく倖人を見下ろし、エルドレッドはクッと口角をつり上げて言うと、

「口ではやめてくれと言いながら、君の牝孔は私の指にねっとりと吸いついてきているぞ。ほら……自分でも分かっているだろう？」

　思い知らせるようにして体液に濡れた指をゆっくりと引き抜いていく。

「ッ…、くぅ…っ、あ、ぁ……」

　――なんで、こんな……ッ。

　否定したいのに、まるで彼の指を離すまいとするように牝孔は収縮して、さっきよりも抵抗が強くなり、抜き差しされるたび、媚肉が引きずり出されては押し込まれる感覚をまざまざと感じ取ってしまう。

　なのに痛みはなく、むしろむず痒さを伴《ともな》った疼きを訴える膣壁を擦られていけばいくほどに身体の奥にくすぶる情欲の燠火《おきび》を煽られ、燃え上がるような熱と心地よさを覚えて、そんな自分の浅ましさを恥じ、込み上げそうな涙を零すまいと歯を食いしばった。

けれど不意に、罪悪感におののく身体を抱き寄せられたかと思うと、

「だが…、私も同罪だ。ずっと君に欲情し続けているのだから」

苦しげに眉を寄せてそう告白してきたエルドレッドに、倖人は目を見開く。

「よ、欲情、って……」

「もう一つ、サディアスとのつがいがすでに成立しているならばありえない症状が起こっていると言っただろう？　それは……私が今までにないほど発情し、今もなお君を欲し続けているということだ」

そう言い放つと、エルドレッドは倖人を振り向かせると、見せつけるように上着を脱ぎ、タイを外した。

彼の麗《うるわ》しい相貌も、はだけた襟元から見える胸板も、欲望を孕み危ういほどの色香をまとっていて……その濃密な雄の気配に、目眩《めまい》がしそうだった。

――欲しい、って……エルドレッド殿下が、私…を？

つがいとなった者、つまりサディアス以外には性的衝動を持つことも、彼以外を惹きつけることもなくなるはずなのに。

だからこそ、エルドレッドの「なにを怯えている」という挑発に乗ってしまったのだ。

彼を意識していると、認めたくなくて……。

「一目見た時から、惹かれていた。君を私のものにしたくてたまらない……私の精液を注ぎ込んで、つがいの証を刻みつけたいんだ」

耳元で吹き込まれる獰猛な欲望に、ぶわりと背が粟立つ。

「や、やめて、ください……！　それでは意味が……っ」

『末裔種』としてまだ成熟していない可能性のある今なら、『現種』に戻れるかも、という希望があったからこそ、彼の言葉に応じたというのに。

「それは……私のものにはなりたくない、ということなのか……？」

「……ッ、ぁ……」

けれど美しい顔を哀しげに歪め問うてきたエルドレッドに、倖人は思わず言葉を失ってしまう。

「不公平だ。弟には身体を委《ゆだ》ねて、私は拒むなんて……」

「そ…んな、つもりでは……」

二人に優劣をつけるつもりはない。けれど、そもそも彼らのような『始祖種』とつがいになること自体、考えてもいないことだったのだ。

「お願いだ。私にも、求愛のチャンスをくれないか。……あくまで私とつがいになりたくないというのなら、拒み続ければいい」

「ぁ…ッ！」

グイッと腕を引かれ、長椅子に腰掛けたエルドレッドの膝の上に向かい合う形で座らされる。

そしてエルドレッドは前をはだけると、自身の昂ぶりを倖人の後孔に擦りつけてきた。

「や、やめ…ッ」

止めなければと思う気持ちとは裏腹に、散々開かされ濡れそぼった後孔は、押し当てられた熱く猛った欲望に反応してひくひくと蠢動《しゅんどう》し、まるで早く取り込みたいとばかりに吸いついていく。

——あぁ……なんで、こんな……。

どんどん変化していく自分の身体に困惑と恐怖が募り、こらえきれず倖人は瞳を潤ませた。

「……少なくとも、君の身体は私を拒んでいないようだ」

その淫らな反応に、彼は色悪を思わせる艶やかさで笑むと、昂ぶりを突き入れてくる。

「ひぁ——……ッ!!」

内部へと狂暴なほどに膨らんだ熱塊《ねっかい》が押し入ってきた衝撃に、たまらず倖人はビクビクと全身を痙攣させた。

「や、あぁ…ッ！　そ、そっちは、違…っ」

彼の昂ぶりが前立腺を擦り上げて、さらに奥へと突き進んでくる。直腸を穿たれるその異様な感覚に、倖人はたまらず悲鳴を上げた。

「牝孔には入れられたくないんだろう。それとも私を受け入れて仔種を宿してくれる気になったのか？」

「ッ…、ぁ、あ……それ、は……」

これ以上、仔種を注ぎ込まれてしまえば、本当に妊娠してしまうかもしれない。

まだなんの自覚も覚悟もない状態の倖人にとって、それはもっとも恐れていることだった。けれど、

「あいつにオメガとしての初めてを奪われたからな……私は皇太子としての君の初めてをもらう」

エルドレッドにそう宣言され、倖人は目を見開く。

「あ、ぁ…ッ！　やめ…、やめて、ください……ッ」

ただの『現種』としてすらいられなくなったというのに、皇太子としての矜持まで奪おうというのか。

「うぁ…っ、んあぁ――…ッ!!」

凶暴なほど猛ったエルドレッドの欲望が、倖人の中へと深く、じりじりと入り込んでいく。

皇太子として、男子としての自分まで犯されて、倖人は恥辱と絶望のあまり、こらえきれず涙をあふれさせた。

「ひど…、んんっ、こんな、こと……って……あぁ……」

涙に濡れた倖人の頬をなぞり、エルドレッドは苦しげに顔を歪める。だが、

「私だって酷いことをしたくはなかった…っ。嫌われたくなくて、無理矢理奪えなかったのに……だが、弟のものになったと知った瞬間――すべて、弾け飛んだ」

なにかを吹っ切るようにそう告げた。

狂暴な光を宿す、彼の双眸。その爛々と妖しく輝く瞳に見つめられ、身じろぎすらできなくなってしまう。

「やぁ…っ、やめ……っ、ひあぁ……ッ」

腰を思い切り突き上げられ、揺さぶられて、あらぬ器官を責め苛《さいな》まれる。

だというのに、なぜかそのたびに痺れるような愉悦が襲いかかってきて……徐々に倖人の口から漏れる抗議の声が、甘くひずんでいく。

「オメガが発情すると、腸壁も敏感になると聞いたが……本当みたいだな」

エルドレッドはそう言って、倖人の陰茎へと触れてきた。

否定したいのに。彼の言葉を裏付けるように、倖人の陰茎は萎えるどころか痛いほど勃ち上がり、先端は赤く潤んで快楽の雫をにじませていた。

「あ…ぁ……」

後孔まで性器と化してしまったのだと知らしめられて、あまりのことに倖人は声を震わせる。

『末裔種』としての器官ですらない、本来触れられるべきでない場所を穿たれてなお、こんなにも濃密な愉悦を得てしまうなんて……。

底無し沼のような凶悪な快楽に溺《おぼ》れ、どこまでも堕《お》ちていきそうな感覚に、恐怖する。

「こんなに昂って……気持ちいいんだろう?」

「い……いや、だ…っ、あぁ…っ、もぅ……触らな…ぃで、んぁあ…ッ! 動かないで、くださ、い……ッ」

後孔の奥深くまで犯され、なのにはしたない反応を示し昂ぶる陰茎を刺激され、倖人は混乱と羞恥に、悲鳴めいた声を上げた。

なのに倖人の意志を裏切り、エルドレッドの手の中で下腹部はどんどん熱を増し、はちきれんばかりに昂ぶっていく。

「んぁ…ッ。ど、う…して……？　こんな、ひど…すぎる……っ」

こんな淫らな自分など、知りたくなかった。

もう戻れないところまで己が変貌してしまったことを悟り、喪失感と無力感に打ちのめされ、瞳からあふれる涙がとめどもなく頬を伝い落ちていく。

「どれだけ罵《ののし》ってくれてもいい。私は……どんな手を使ってでも君を、自分のものにしたい」

人の身体を蹂躙《じゅうりん》し征服しているというのに。エルドレッドはつらそうに眉をきつく寄せ、どこかすがるように倖人の背をかき抱いた。

合わさった身体から伝わってくる彼の激しい心音に、なぜか倖人まで胸が苦しくなる。

――酷いことをされている、はずなのに……なんで。

熱を孕んだ瞳に見つめられ、しなやかな身体に包み込まれながら彼のなんともいえない芳香を嗅いだ瞬間、身体が火照ってくるのを感じて頬が熱くなった。

「白い肌がこんなに紅く染まって……綺麗だ。倖人……」

頬をやわらかく撫でられ、唇を重ねられて、思わず甘えるような吐息が零れてしまう。

「ん、ぅ…っ、ふぁ…っ、ん、くぅ……ッ」

彼の腰の動きが奥を突き上げる激しいものから、浅い抜き差しへと変わり、快感に固く熟れた前立腺をこりこりと刺激しながら腰を揺すり上げられ、燃えるように身体が熱くなる。

「――…ッ、あ、ぁ……ッ」

張り出た雁首で快楽に腫れぼったく浮き上がった前立腺を思いきり擦り上げられながら奥深く

へと突き入れられた拍子に、倖人の目の裏に赤い火花が散った。

自分の反応をすぐに理解することができず、倖人は呆然となりながら、余韻に不随意にビクビクと身体を震わせる。

「後ろで達《い》ったのか」

「や、あぁ……」

エルドレッドにそう告げられて、後孔の奥を雄に蹂躙されて極まったことを知り、消え入りたいほどのいたたまれなさにうなだれ、悲嘆の声を零す。

「君も、憎からず想ってくれていると感じるのは、私の独りよがりなのか……？」

「……ッ、そん、な……」

サディアスに『末裔種』としての性を暴かれ、彼の精を受け入れてしまったばかりなのに。つがいとなった彼以外、欲情させることも、することも、禁忌《きんき》となったはず……なのに。

エルドレッドの欲望に満ちたまなざしを受けて、ゾクリと痺れるような陶酔感が湧き、下腹部の熱がどうしようもなく膨れ上がっていく。

あまりに節操のない己の身体の反応に恐ろしくなって、なんとかこの甘い地獄のような快感から逃れようと、倖人はもがいた。

「んぁ…ッ！　やめ…、そこ…っ、ひあぁ……っ」

けれど敏感な内壁のしこりを刺激されるたび、焼けつくような痺れと共にひくひくと内側が蠢く感覚に襲われ、なすすべもなく身をよじらせるしかなくて……。

「ああ…、なんて淫らで、可愛いんだ……こんな反応をされて、諦められる男がいると思うか？」

感じてはいけないと、身のうちに湧き上がる熱を少しでも逃がそうと煩悶する倖人を、エルドレッドはうっとりと眺め、嘆息する。

「や、あぁ……っ、うぁ、んん…ッ！」

前立腺の中にひそむ牝孔を刺激していたかと思うと、突然後孔の奥まで擦り上げられ、中を満たすものを欲して疼く膣壁から子宮までをも腸壁越しに刺激され、倖人はまたビクビクと背をきつくしならせて高みに昇りつめてしまう。

何度も極みに達したというのに、さらに身体の奥底から際限なく湧き上がってくる欲望。

見知らぬ自分が体内で蠢き、精神まで侵食していくような。そんな得体の知れない恐怖に襲われ、思わず込み上げた涙で目の前がぼやけてきて、雫をこぼさないよう、必死に唇を噛み締めてこらえる。

「うぁ…んんっ、おか、しぃ……こんな…あぁ……ッ」

もしかしたら、『末裔種』の発情は牝の部分を雄に満たされない限り、治まることはないのだろうか。

不意に頭に浮かんだ考えにおののき、絶望する。

達しても達しても、飢えは癒えず、むしろ欲望は膨らみ続けるばかりで……このままではおかしくなってしまいそうだ。

「ああ……苦しそうに震えているな。ずっと達することができなくてつらいんだろう…？」

エルドレッドの指が、哀れなほどに痙攣して露《つゆ》を零す倖人の昂ぶりをなぞってくる。

「んぁ……っ。も、もう……っ」

限界まで膨れ上がり下腹部に募り続ける熱に、苦しくてたまらなくなって、倖人は胸を喘がせ、許しを乞う。

「だったら、言ってくれ。――――私が欲しい、と。そうすればいくらでも、君が望むままに満たしてやる」

「……あ、ぁ……」

エルドレッドから放たれる匂い立つような濃密な雄の色香に、もやがかかったように思考がおぼつかなくなる。

後孔を犯すこの太く逞しい熱塊で、中にひそむ秘所をこじ開けて、疼く膣壁を思いきり穿ってほしい。

そして――男性膣の奥まで突き上げて、溺れるほどに雄の欲望を注ぎ込んで、子宮まで満たしてほしい。

達しても達しても終わりの見えない快楽に、脳内まで侵されたようにまともに思考することすらできず、もはやこの燃えたぎるような欲望を果たすことしか考えられなくなってしまう。

達くこともできず発情し続ける生殺しの状態が繰り返されるなど、もう、耐えられそうにない。

気持ちよくなりたい。後ろではなく、奥に秘められた牝の器官を穿たれて、火照る身体を、そして内奥の疼きを鎮《しず》めたかった。

切ないほどに募る欲求に思考が鈍《にぶ》り、そのことしか考えられなくなる。

情欲にかすむ瞳でエルドレッドを見やると、彼はとろけそうに甘く微笑んでくる。

「貴方の……を」

倖人は魅入《みい》られたように彼の言葉に従って、ろれつの回らなくなってきた舌で、なんとか言葉をつむぐ。

「私に……どうしてほしい？」

「い…、入れて、ください……っ、入れ、て……あぁ……っ」

――――私は……私は、なんてことを……ッ。

己の浅ましさを嘆き、涙をにじませる倖人の目尻に溜まった雫を、エルドレッドは唇で吸い取ると、

「ああ……やっと、私を求めてくれたな」

感極まった声で呟き、そして恐ろしいほど滾《たぎ》った欲望を倖人の牝孔に突き入れてきた。

「んあぁ――――…っ！」

焦らされ続けてじゅくじゅくと熟れて疼く牝孔を深々と貫かれ、思わず腰が落ち、エルドレッドを勢いよく迎え入れてしまう。

その拍子に快感に腫れぼったくなった内壁を太く逞しい熱塊がきつく擦り上げ、押し拡げて、倖人の中を埋め尽くしていった。

その瞬間、目の裏に火花が散り、痺れるような強烈な快感が全身に襲いかかって、意識が飛ぶ

ほどの衝撃と共に、極まった。

「ああ…、倖人……ッ」

情欲に上ずった艶やかな声と同時に、エルドレッドが倖人のうなじを噛み、溜まりに溜まった欲望を解き放つ。

「んぁ…!? ひぃ…、んんぅ――…ッ!!」

彼の牙が皮膚に甘やかに食い込んだその瞬間、倖人は気の遠くなりそうなほどの愉悦の果てへと昇りつめ、身体が不随意に震えた。

「くぅん…っ、ふぁ、ぁ……ん」

熱く濃厚な仔種が膣壁を濡らし、子宮へと注ぎ込まれていく。焦らされ続けて刺激に飢えた身体を満たしていくその感覚に、思わずうっとりとした吐息が倖人の唇から零れ落ちた。

「……これで、私のものだ。倖人……」

「う…っ、あぁ……」

――私は、なんてことを……。

エルドレッドを受け入れてしまったことと、また深く淫らな牝の快楽に堕ちてしまったことに、あまりの罪悪感に押し潰されそうになって、倖人の瞳からはとめどなく涙が零れ落ち、幼子のようにしゃくりあげる。

「ああ……本当に泣き顔も可愛くて、どうにかなってしまいそうだ……」

エルドレッドは甘い声で囁き、あやすようにゆっくりとした動きで、悶える倖人の身体を揺さぶる。

「やぁ…、いや…あぁ……なんで…っ、止ま、らない……っ」

放出のない絶頂で長く尾を引く快感の波は収まることを知らず、倖人をかき乱す。

達かされ続けて過敏になっている倖人の身体は、内壁を淫らに掻き回してくるエルドレッドの腰の動きに翻弄され、激しく身悶える。

「ッ……！」

貪欲に熱を求める倖人の内壁の蠢動に誘われるようにして、エルドレッドが低い唸り声を上げ、一際きつく最奥を突き上げてくる。

「んぁ…ッ！　あぁ……熱…ぃ……」

倖人の奥深くでエルドレッドの昂ぶりは大きく脈打ち、再び熱い欲望の飛沫をほとばしらせた。

それでもなお、一向に硬さを失わないエルドレッドの昂ぶりで何度も最奥を突き上げられ、後孔からは攪拌《かくはん》されて泡立った二人の体液があふれ落ちていく。

狂おしいほどの絶頂の余韻の中、身体の奥に注ぎ込まれる熱い白濁の感触に悦ぶ自分を思い知らされながら、倖人は何度目かも分からない法悦の極みへと駆け上がっていった――

4

「――ひと…様、倖人様…ッ」

呼び声で眠りから覚め、ゆっくり目を開くと、泣きそうになっている飛鳥乃の顔が目に飛び込んできた。

――飛鳥乃……？

まだもやのかかったような意識の中、どうして飛鳥乃がそんな顔をしているのだろう、とぼんやり思っていると、

「大丈夫か？」

さらに声をかけられ、視線を動かすと、焦燥《しょうそう》と困惑をにじませたサディアスがそこにいた。

「……なぜ、兄上が倖人と……」

続けられたサディアスの言葉に、冷や水を浴びせられたように一気に目が覚め、恐る恐る倖人が顔を上げると、自分を横抱きに抱えているエルドレッドと目が合った。

「あ…、ぅ……」

どうしてこんなことになっているのか。

状況についていけず、倖人は言葉を失ってただ胸を喘がせる。

「……兄上、いったいどういうつもりだ」

「倖人は私のつがいとなった――ということだ」

唸るように問いただすサディアスに、エルドレッドは挑むように言い放った。

「馬鹿な！　倖人は俺のつがいとなったばかりなんだぞ…っ」

サディアスは信じられない、とばかりに叫び、焦った様子で倖人の襟を引き下ろしてうなじを確認し、鋭く息を呑む。

「……こんな、馬鹿な……」

愕然と呟くサディアスに、いったいどうなっているのかとエルドレッドを見上げると、彼は倖人の身体を長椅子へと下ろし、鏡を差し出してきた。

首筋に残っている、エルドレッドとサディアスの噛み痕。

合わせ鏡で見せられた自分のうなじには、左右に少し重なるようにして双つの婚姻印が浮かび上がっていた。

二人と関係した証拠を見せられてこれは現実のことなのだと思い知り、胸に重くのしかかる罪悪感に、あぁ…、と倖人は絶望の吐息を漏らす。

「なぜ、二人分の痕が……しかも薄くなっている気がするぞ。かなりきつく刻んだ記憶があるというのに……」

サディアスの呟きに、恐る恐るもう一度うなじを確かめてみると、言われた通り、鏡で見た自分の婚姻印は色も薄く、ぼんやりとしているように見えた。

「あ、あの……やはり、私がつがいというのは、なにかの間違いだったという可能性はありませんか…っ？」

どうしても疑問が拭えず尋ねてみるけれど、即座に「それはありえない」とエルドレッドとサディアス、二人から否定された。

「倖人はまだオメガとしての経験が浅く分からないかもしれないが、あれほどに惹かれ求め合うなど、つがい以外には考えられない」

揺るぎない口調でサディアスにそう言い切られ、知識も経験も少ない倖人は返す言葉もなく圧倒されてしまう。

「そもそも婚姻印が同時に二つ、存在するということ自体が変則的で……少なくともそのような事例、私も聞いたことがない。倖人の第二の性がまだ成熟しきっていないせいで安定しないのかもしれないな」

言いながら倖人のうなじをなぞるエルドレッドに、サディアスは「触るな」と圧し殺した声で制し、その手を払った。

「なかなか戻ってこないと思ったら、まさかこんなことになっていたなんて……」

唸るようにサディアスが呟く。

自分が『末裔種』だと知って衝撃を受けていた倖人を案じ、サディアスは耶麻刀国使節団のいる部屋を突き止めて訪ねたらしい。

かたやエルドレッドも、あのあと気を失った倖人を心配し、この部屋に連れてきたのだという。

「倖人にすでにつがいがいることは分かっていたはずだ。なのに奪ったというのか……？」

憤りを隠せないサディアスに、倖人は改めて事の重大さを認識して青ざめる。

すでにつがい――運命の伴侶を得た者に手出しするのは、最大の禁忌だ。

そもそもエルドレッドも言っていた通り、つがい以外には性的衝動を持つことも、惹きつけることもなくなることから、自然の摂理に反しているともいえる行為だった。

だが、エルドレッドはまったく怯むことなく、憤怒《ふんぬ》に燃える双眸を向けるサディアスをまっすぐ見据えると、

「出会ったのは私が先だ。一目見た時から私は、倖人こそが運命の相手だと感じていた。だが耶麻刀国皇太子という立場と、彼も、周りの者もオメガだと気づいていない状態で、果たして強引に求めていいものか悩んで、様子を見ようとしていたのに……お前はそんな倖人の状況すら知らず、本能のまま暴き立てたのだろう」

彼もまた鋭いまなざしで睨み、突きつけた。

「だがそれは、兄上の惹かれる気持ちが理性で制御できる程度だったということだ。俺のほうが強く惹かれ合った証拠にほかならない」

「聞き捨てならんな。お前こそ遠征帰りの高揚感で、獣欲を抑え切れなかっただけではないか」

サディアスとエルドレッドの間に立ち込める険悪な雰囲気がますます濃くなっていくのを感じて、倖人はぎゅっと拳《こぶし》を握り締める。

「……どうやら、話し合ったところで埒《らち》は明かなそうだな」

「話し合いで駄目ならどうする気だ？　兄上だから手加減してもらえる、などと思っているなら

考えを改めるんだな。兄上だろうと誰だろうと、倖人は絶対に譲《ゆず》らん」

ギラリと殺気を漲《みなぎ》らせるサディアスに、エルドレッドは受けて立つといわんばかりに迎撃の構えを取った。

「――結局、兄弟で争う双竜の呪いからは逃れられない、ということか……」

「……ああ。これが我らが双子に生まれついた時からの、宿命だったんだろうさ」

さらにひりつくような凶悪な空気をまとい、じり、と間合いを詰めるエルドレッドとサディアスに、たまらず倖人は立ち上がる。

「やめてください…ッ」

自分のせいだ。

罪悪感といたたまれなさに苛まれながら、倖人は喉を振り絞るようにして叫び、二人の間に身体を割り込ませた。

「ッ…、倖人、危ないから退いてくれ…！」

「いいえ、引き下がりません！」

エルドレッドの制止にも、倖人はかぶりを振って拒む。

倖人は二人の間でひざまずき、床に手をつくと、

「すべて、私が悪いのです……私が無知で、皇太子としてだけではなく、『末裔種』としても未熟だったせいで……」

改めて謝罪し、頭を垂れた。

サディアスとつがいとして成立したはずなのに、エルドレッドをも惑わせてしまったのも、きっと自分の『末裔種』としての資質に問題があるに違いない。

二人と関係を持つなどという不義を犯してしまったこと、そして皇太子としての資格を失ったこと――押し寄せる自己嫌悪と絶望に、頭がおかしくなってしまいそうだった。

「貴方がた兄弟は、決して呪われてなどいません…っ。争ったりしないでくださいっ。私こそ、どちらがつがいかという判断すらもできない出来損ないです……ですから、お二人がそんな風に争う元になるのなら――私は、貴方達の前から消えます」

ずっと今まで耶麻刀国の皇太子として恥ずかしくないようにと努力してきた矜持も奪われ、なのに『末裔種』としてすら出来損ないで、彼らの争いの火種にしかならないのであれば、もう自分になどなんの価値もない。

倖人はそう言い放つと、いざという時に備えて懐に縫いつけていた袋から小刀を取り出し、鞘《さや》から抜くとその切っ先を自分へと向けた。

「――…ッ！」

そのまま自分の喉先に刃を突き立てようとした瞬間――素早く反応したサディアスが手から小刀を叩き落とし、床に転げ落ちたところをエルドレッドが蹴り飛ばして倖人から遠ざけた。

「なにを馬鹿なことを…ッ！」

サディアスに腕をつかみ上げられ一喝《いっかつ》され、倖人はキッとまなじりを上げて彼を見上げると、

「……ッ、馬鹿で構いません…っ。どうせこんな未熟で欠陥のあるオメガでは、まともにつがい

としての役目も果たせないでしょう……王子の伴侶には相応しくありません。二人が争い合うくらいなら、私は……」

悲痛な思いを漏らした途端、込み上げる絶望にこらえきれず、倖人の瞳からはらはらと涙が零れ落ちる。

「……君の気持ちは、よく分かった」

ふと、静かな声が聞こえてきて、倖人は恐る恐る視線を向ける。

すると感情を消した表情で見下ろしてくるエルドレッドと目が合って、倖人は思わずビクリ、と肩を震わせる。

「――命を投げうってまで、私か弟、どちらかのつがいになることを拒むとはな……」

そう呟いて、クッ、と口元をつり上げて露悪的《ろあくてき》に笑うと、

「それならばつがいではなく、二人の寵姫《ちょうき》として、倖人、君を傍に置くことにしよう。それならば、オメガとして未熟だろうがなんだろうが関係ないだろう。互いの身体の相性がいいのは確認済みなのだからな」

傲岸にそう言い放った。

その瞬間、倖人は頭をぶん殴られたような衝撃に見舞われ、目の前が昏くなる。

――寵姫……身体の相性……？

つまりは、妾《めかけ》のような立場になって、彼らの相手をしろ、ということなのか。

「君は、我が国との友好関係を深め、耶麻刀国との交易を進めるためにやってきたんだろう？

ならば悪い話ではないはずだ。……それとも、なにも成し遂げないまま終わるつもりか？」

「そんな…ッ。貴方も、色欲で取引するようなやり方は嫌っていたはずではなかったのですか…!?」

つがいとしての自覚もないけれど、だからといって損得で身体の関係を結ぶなど、余計に考えられない。

けれどそう叫んだ瞬間、

「失望させたならすまないが、私は聖人君子でもなんでもない。欲しいものはどんな手段を使ってでも手に入れる。今までは単にそこまでして欲しいと思うような、食指が動く相手がいなかっただけの話だ」

そう返したエルドレッドの瞳に、青い炎のような憤りとも、熱情ともつかぬ情念が宿るのが見え、その気迫に圧倒されて、倖人は急に喉が干上がるのを感じ、ごくり…と唾液を飲み込んだ。

たまらず目を逸らすと、その先にサディアスの姿があった。

――いくらなんでも、サディアス殿下までそんなことを承知するはずは…っ。

エルドレッドを止めてほしいと、助けを求めてサディアスを見上げたが、

「……俺も、お前がいなくなってしまうくらいなら……寵姫としてでも俺の傍にいてほしい」

彼の口からまさかの言葉が出て、倖人は目を見開く。

愕然とする倖人の手を、サディアスはぎゅっと握り締めると、

「もう絶対に馬鹿なことは考えてくれるな。もしもお前が俺たちの前から姿を消したら――互

いに互いを責め、それこそ血で血を洗う戦いを始めるだろう。それを止める者などいないのだからな。……お前以外には」

苦渋をにじませ、そう懇願した。

「その通りだ。……本当に呪いなどないと言うのなら、私たちの傍にいて、証明してみせてくれ」

サディアスの言葉に続き、エルドレッドも倖人を挑むようなまなざしで見つめ、そう告げた。

「………ッ」

——私が、二人の争いを止め、呪いなどないと証明する……？

二人の言葉が胸に突き刺さり、倖人は息を詰める。

果たして、自分にそんなことができるだろうか。

「……しかし、私たちの意見が一致するとはな」

「ふん。兄上に同意した形なのは癪《しゃく》に障《さわ》るが、倖人に争うなと言われたから仕方なく、だ」

皮肉げな表情で切り出したエルドレッドに、サディアスも不遜さを取り戻した様子で返す。

「ここまで私たちが譲歩したんだ。あくまでこの話を蹴るか、国のためにもこの話を受けるか……どうする？」

一応問いかけの形を取ってはいるものの、答えなど分かっている、といわんばかりのエルドレッドの口ぶりに、倖人は唇を噛んだ。

「……倖人様……」

心配そうにこちらを窺ってくる飛鳥乃の顔を見つめ返し、倖人は覚悟を決めると、

「――分かりました。私のような未熟者でいい、と仰るなら……不束者《ふつつかもの》ですが、よろしくお願いいたします」

二人に向かって三指をついて恭順《きょうじゅん》を示し、答えた。

たとえ皇太子ではなくなったとしても。『末裔種』の性が発現した今も、その機能すらまともに働かないような出来損ないだとしても。

エルドレッドとサディアスの争いを止め、二人の役に立つことができるかもしれないというならば、こんな自分でも、存在を許される気がした。

「ああ。……その代わり、もうその命すら自分の好きにすることは許さない。君は、我らのものになったのだからな」

床に落ちた小刀を拾い上げて苦しげに顔を歪めて言い渡したエルドレッドに、倖人は神妙にうなずいた。

「少し、飛鳥乃と二人にしてもらえませんか。……これからのことを話し合いながら、気持ちの整理をしたいのです」

「……分かった。こちらも二人で話し合っておく」

サディアスの言葉にエルドレッドも同意し、二人は部屋をあとにした。

「――飛鳥乃」

部屋に二人きりになって、倖人は飛鳥乃へと向き直る。そして、

「すまない……お前たちの信頼も裏切ってしまって、なんと詫びればいいのか……」

苦渋をにじませて懺悔《ざんげ》し、彼にも頭を下げた。

「倖人様！　そのようなこと、なさらないでください」

「面子《メンツ》など重んじる必要はない……私はもう、皇太子どころか、皇子としてすら認められるかも危うい存在なのだから」

血相を変えて駆け寄る飛鳥乃に、倖人は苦く笑い、小さく首を振った。

倖人が次期天帝への道を閉ざされてしまうということは、自分だけの問題では済まされない。

皇太子に仕える東宮侍従をはじめ、東宮職に所属する者は、将来、天帝を補佐する宮内庁側近部局の要として主要職に就くことが約束される――というのが慣例だ。

当然、東宮侍従長である飛鳥乃や、他の侍従たちもこの先、天帝の最側近として、確固たる地位を築くことができるはずだった。

しかし……主である倖人が次期天帝となることは絶望的となってしまったことで、彼らの出世の道もまた、潰《つい》えてしまったのだ。

皇太子から退いたとしても、宮家に名を連ねることができるならばまだ、彼らをそちらに連れていくこともできるのだが……『末裔種』と判明してしまった今では、それも叶わないだろう。

今までついてきてくれた皆に報いてやることもできない申し訳なさと悔しさで、身が切られる

思いだった。

「なにを馬鹿なことを……」

泣きそうに顔をくしゃくしゃにしつつたしなめ、飛鳥乃は倖人の手を握り締める。

飛鳥乃の情に感じ入り、涙があふれそうになるのをぐっとこらえていると、飛鳥乃は静かに口を開いた。

「倖人様」

憤りを孕んだ表情をした飛鳥乃の様子に、倖人は唇を食いしばってうなずく。

皇太子の資格を失った上に、勝手に二人の寵姫になるなどと決めて、さぞ失望しただろう。

なにを言われても、受け止めなければ。そう覚悟していたが、

「もうあのようなことは決してなさらないと、私にも……いえ、天帝陛下と皇后陛下にも誓ってくださいませ」

厳しい声で突きつけてきた飛鳥乃に、倖人は目を見開く。

「倖人様が耶麻刀国皇太子として恥じぬ人物であらんとどれだけ必死に努力してきたか、飛鳥乃は誰よりも理解しているつもりです。それでも、あえて言わせていただきます。皇太子ではなくなったからといって命を絶つなど……天帝陛下が、そしてお腹を痛めて貴方を産んでくださった皇后がどう思うか、少しでも考えたのですか」

「――――あ、ぁ……」

特に母は、ただでさえ倖人が『始祖種』である弟に内心引け目を持っていることに気づいてい

て、責任を感じていたのに。

もしも倖人が自分の性を苦にして死んだなどと知られれば、母は己を責め苛んで、世を儚《はかな》んでしまったかもしれない。そうして悲劇の果てに皇太子の位を受け継いだ弟をも、苦しめたに違いない。

親よりも先に逝くなどというとんでもない親不孝を犯し、両親に、そして弟にも、心に深い傷を負わせるところだったのだ。

「すま…ない……本当に……っ」

己の愚かさに愕然としつつも、なんとか声を振り絞って謝罪の言葉を告げると、飛鳥乃は苦く笑い、

「倖人様は『末裔種』の生理などについて充分にご存じないので、戸惑われたのも無理はありません。ですが、発情は決して自分の意思では制御できない、生理的な現象なのですよ。ですから、これ以上ご自身を責めなさいますな」

きっぱりとそう言って、子供の時によくしたように、倖人の頭をふわふわと撫でた。

「発情したことにつけ込まれて『末裔種』が複数の『始祖種』や、時には『現種』にまで襲いかかられるという痛ましい事件もままあると聞き及んでいます。嘆かわしいことに、それを『末裔種』のせいだと責任転嫁する不貞の輩もいるそうですが……そんなものは獣欲に負けて理性を失ったケダモノの詭弁《きべん》ですよ。もしも王子たちが倖人様を好きに蹂躙しておいて、そのような卑劣《ひれつ》な言動をしたならば、なんとしてでもこの国を離れ、倖人様を耶麻刀国へと連れ帰ったのですが」

「飛鳥乃……」

飛鳥乃の深い思いやりに胸が詰まって、倖人は瞳を潤ませる。

「そもそも、まだ『末裔種』としての自覚も、きちんとした知識もなかった倖人様と違って、王子たちは『始祖種』としての本能を自制することができるはずなのです。その証拠にエルドレッド殿下は他所《よそ》の発情した『末裔種』に対してはまったく歯牙にもかけていなかったでしょう？」

飛鳥乃の言葉に、初めてこの城を訪れた時、他国の大臣がけしかけた『末裔種』を追い払うエルドレッドの姿が脳裏によみがえってきた。

あんなにも美しい『末裔種』の女性たちを袖にするとは、と彼の意思の強さと気高さに圧倒されたのだが……その彼が、まさか自分のような出来損ないに執着を見せるなど、誰が想像しただろう。

「それに、そんな風にご自分を責めるほど貞操観念が強い倖人様が、進んで承知したわけではないでしょうし……雰囲気からして、どちらかといえば彼らのほうが倖人様の無自覚さにつけ込んだような気がしてならないのですが」

「いや、それは……今にして思うと、私の言動にも色々と問題があった。『末裔種』に責任転嫁するのは嘆かわしいことだと言うが、それなら『始祖種』である彼らに責任を押しつけるのも卑怯だ」

知らなかったとはいえ、自分から、『末裔種』かどうか確かめればいい、と言って目の前で脱いでしまったり――散々挑発するようなことを言ってしまったのだから。

「まったく、倖人様はお人好しなのですから。……まあ、見たところエルドレッド殿下もサディアス殿下も生半可な気持ちで手出ししたわけではなさそうですが。しかし、いくら引きとめるためとはいえ、交易を取引材料にして関係を迫るなど、あのようなやり口はいかがなものかと思います」

「だが、私も納得の上、同意したんだ」

確かにエルドレッドの言葉は衝撃的だったが、それでも憎く思えない。自分の頑なな態度が彼にあんな風に露悪的な物言いをさせてしまったのだとも感じていた。

「……貴方が一度言い出したら引かない性質だというのは骨身に染みて分かっていますから、私はこれ以上なにも言いませんが」

飛鳥乃は諦めたようにそう言って、深いため息をつく。

「お前には気苦労ばかりかけて……本当にすまない」

倖人の言葉に飛鳥乃は、いいえ、と首を横に振ると、

「倖人様が一番おつらいでしょうに。侍従である私どもを慮《おもんぱか》って、頭まで下げるような貴方だから、すべて承知の上でお傍にいようと私自身で決めたのです」

少しはにかんだ顔で、そう言い切った。

立場に関係なく、変わらず自分の味方でいてくれる。そんな彼にどれほど救われてきたか。

胸がジンと熱くなって、押し寄せる感謝の気持ちを込めて、倖人は飛鳥乃の手をぎゅっと握り締める。

飛鳥乃はもう片方の手で、泣きそうなのを懸命にこらえる倖人の頬を撫でたかと思うと、

「……ほらほら、らしくありませんよ。どれだけ陰口を叩かれようが、私の心配など吹き飛ばすくらい、いつも明るく前向きな貴方はどこに行ったのです？」

そう言ってむにょん、と思い切りほっぺたを引っ張ってきた。

「あいたた…ッ！」

突然のことに目を白黒させる倖人に、飛鳥乃は「日頃私をからかってくるお返しです」と悪戯《いたずら》っぽくフフッと笑う。

「改めて考えると、あの難攻不落と言われている竜族の王子二人から求愛されることになるなんて、とてもすごいことではありませんか？」

「まったく、お前ときたら……でも、確かにものは考えよう、かもな」

心配や不安に後ろ向きな発言をするのは飛鳥乃のほうだったのに、これではいつもと立場が逆だ。

でも確かに、こんな風にうじうじしているのは自分らしくない。

今、涙目になっているのは、つままれた頬が痛いからだ。

衝撃的な出来事で見失っていたけれど、ようやく自分らしさを少しずつ取り戻すことができた気がする。

ひりひりする頬をさすって、倖人は泣きそうになりながらも笑みを零した。

5

二人の王子の寵姫《ちょうき》として長期滞在することが決まって、倖人《ゆきひと》には主城の離れにある小宮殿が与えられた。

嫁いで国を離れた王の妹姫が住んでいたという、外壁に蒼石《そうせき》があしらわれた壮麗な宮殿だ。

倖人が二人の寵姫として認められるまでには当然、一波乱あった。

ドラッヘンシュッツ国王、ライムントが話を聞きつけ、わざわざ予定を変更して帰国したのだ。

エルドレッドとサディアスに連れられ、急遽《きゅうきょ》決まった国王との謁見に緊張して臨《のぞ》んだ倖人に、

「――そなたか。エルドレッドとサディアス、二人の婚姻印が刻まれたオメガというのは」

開口一番そう問いかけ、鋭いまなざしを向けてきた。

大陸にその名を轟《とどろ》かせた竜王、ライムント。すでに全盛期は過ぎているという話だったが、目の前にいる彼はそうとは感じさせないほどの威厳をまとい、重厚さと渋みのある雄の艶があった。

婚姻印を見せるよううながされ、おずおずとうなじを見せると、「確かに、婚姻印としては不完全だな」と呟《つぶや》いたライムントに、ズキリと胸が痛んだ。

「先ほどから、ずいぶん刺《とげ》がある物言いに聞こえますが……なにか不服でも？」

エルドレッドの問いかけに、ライムントは不遜《ふそん》に眉をつり上げた。

「ないと思っているのか？　複数の寵姫を持つ、というならよくある話だが、竜族の王子ともあ

ろう者が、逆に二人とも一人の寵姫に執心するなど前代未聞だ。おかげで『やはり双子の王子の呪われた血のなせる業《わざ》で、いずれ寵姫に扇動《せんどう》され、大きな争いになるのではないか』などと言う者までいるのだぞ」

自分を巡って争いになる――そのような噂が湧くのではないかと恐れていた通りになっていると聞かされて、倖人は固まる。

「親父殿……誰だ？　そのような下らん噂を流している奴は…っ。倖人は命を懸《か》けて、争いを止めようとしてくれたのだぞ！　決して下衆《げす》どもの想像するような人間ではない！」

「サディアス、少し落ち着け。……まったく、どのような美姫《びき》にも執着などしなかったお前が、まさかそのように熱くなるとはな……」

肩を怒らせて憤《いきどお》るサディアスに、ライムントは苦々しく言ってこめかみを押さえた。

「倖人殿、といったな。お主は、二人に争わないで欲しいと懇願したそうだが、ならば無理矢理にでも……たとえば、どちらが王に相応《ふさわ》しいか、などで優劣を決め、つがいを決めてしまえばよいとは思わぬか？」

ライムントに鋭い眼光で詰問《きつもん》され、倖人は息を呑む。

「……正直、争いの火種になるくらいならば、と陛下の仰る通りの考えがよぎったことはございます。ですが……本心からではない言葉でいくらどちらかを選び、どちらかを遠ざけようとしても、お二人を納得させることは難しいでしょう。私は、エルドレッド殿下もサディアス殿下も、それぞれ『始祖竜』リントヴルム様の資質を引き継いだ、素晴らしい方だと尊敬しているのです。

どちらも国にとって大切なお方で……お二人に優劣をつけることなど、できません」

いくらその場しのぎでも、己だけでなく二人をも欺《あざむ》くことはできない。そんな苦しい胸のうちを正直に吐露《とろ》した倖人に、ライムントはむぅ…と低く唸《うな》った。

「倖人はまだ、オメガとして成熟していません。ですから、二人のうちどちらかの婚姻印が安定したほうが、つがいになるのはもちろん、倖人に選ばれた者として王座につくということで、互いに話はついています」

エルドレッドの説明に、サディアスもうなずいて肯定《こうてい》する。

「あくまでこの者を将来この国の王妃にしたいと申すか。……だが、もしもオメガとして未成熟なままで、婚姻印どころかどちらの子供も孕《はら》めないようであれば、王妃として認めることはできぬ。寵姫という不安定な立場で、二人の寵愛にすがって生きてゆかねばならんのだぞ。今は息子たちも熱情に浮かされているだろうが、それもいつまで続くか分からん。倖人殿、お主はそれを承知しているのか？」

あくまで否定的な立場で揺さぶりをかけてくるライムントに、快く思われていないという事実を突きつけられて、胸に込み上げる苦しさを倖人は歯を食いしばってグッと嚙み殺すと、

「私にも、これまで皇太子として育ってきた矜持《きょうじ》がございます。陛下の仰ることも理解しておりますし、お二人が、私を必要としなくなったその時は——寵姫の座からも降り、国に帰るとお約束いたします」

覚悟を決め、無様《ぶざま》なところを見せるまいと凜《りん》と顔を上げて誓った。

「でも……許していただけるなら、どうかお二人が必要とする間は、お傍にいさせていただけませんか」

未熟ゆえに『末裔種《まつえいしゅ》』としての深い情愛などは、正直まだ分からない。

けれど二人のことは好きだ。人として、同じ男として、敬愛すべき相手だと感じていて、だから自分が力になれるというのなら、二人が求めてくれる間は共にいたかった。

「……そんな心配などする必要はない。俺が倖人を必要としなくなる時など絶対に来ないのだからな」

サディアスは緊張に強張る倖人の肩を抱き締めてそう言うと、

「他国どころかこの国の者も、親父殿ですら事あるごとに口にする『呪い』や噂に、倖人だけはまったく惑わされることはなかった。それどころか、呪いなどないと身体を張ってまで否定してくれた……誰がなんと言おうが、俺には倖人が必要なんだ」

宣言し、挑むようにライムントを睨みつけた。

「私も同じだ。父上があくまでそうやって倖人を無下《むげ》にして、排除しようとする姿勢を変えないというのなら……貴方を王座から引きずり下ろし、無理矢理にでも認めさせる」

エルドレッドも倖人の腰をグッと抱き寄せ、ライムントに決意を突きつける。

「それに関しては俺も力を合わせる。いくら親父殿と言えども、俺らを敵に回してただで済むとは思わないことだ」

「我を脅すとは正気か？　……お前らがそうやって盲目的に執心すればするほど、倖人殿の存在が危険視されることになるぞ」

息子二人から宣戦布告に等しい言葉を投げつけられたライムントは低く唸り、御《ぎょ》しがたいとばかりに嘆いた。

「父上、貴方に言われたくはないですね。たびたび国政や軍事を我らに押しつけて、里にいる母上の元に入り浸っていらっしゃるくせに」

エルドレッドが皮肉げに言い放った途端《とたん》、ライムントの形相《ぎょうそう》が変わる。

「妻を優先することのどこが悪い……！　我が妻は、それこそ命懸けで国の宝である世継ぎを、お主らを産んでくれたのだぞ。誰のおかげでお主らがこうしていられると思っておる！　偉大なる国母である我が妻を軽んじるその発言こそ、万死に値するわ……！」

怒髪天《どはってん》を衝《つ》く勢いで恫喝《どうかつ》するそのさまは、それこそ炎を噴く火竜のごとき激しさで、その猛々しさにさすが竜王だと、思わず倖人は状況を忘れて驚嘆してしまった。

「――ほら、貴方も母上のことになると我を忘れるほどに必死になるでしょう。それこそ、自分のすべてを捧げるほどに」

「俺たちを産んでくれた母上には、もちろん心から感謝している。産褥《さんじょく》で苦しんだ母上を自分の持てる力を注ぎ込んで助けてくれた親父殿にも。だが……だからこそ、俺たちの気持ちも分かってほしい」

「む……」

――こうしたエルドレッドとサディアスの強い決心を込めた説得に、ライムントは最終的に折れる形で倖人を寵姫として迎えることを容認してくれたのだった。

「また改めて挨拶《あいさつ》に出向かねばならないだろうが、取り急ぎ、これまでの経緯とご子息を預かることになった旨、耶麻刀国《やまとこく》の天帝に報告しておこう」

今回のことをどう説明したものか悩んでいた倖人に、エルドレッドはそう請け負ってくれた。

エルドレッドの命を受けて耶麻刀国へ派遣されることになった使いに、倖人は両親や弟に宛てた文を託すことにしたのだが……。

「飛鳥乃《あすかの》、本当にいいのか？　私の元に残ってしまって……」

付き添ってきた侍従たちは、予定になかった長期滞在が決まったことに戸惑って一時帰国を申し出たので、ドラッヘンシュッツ王国の使いと共に帰ることを許可した。残ったのは、飛鳥乃だけだ。

倖人が『末裔種』と判明し皇位継承権を失った時点で、弟に皇太子の地位が移譲されることが決定した。

これ以上倖人側についていても先がない上に、そんな重要な時機に、国を離れていることで、ますます自分の地位が危うくなるかもしれないと心配するのは当然のことだろう。

「なにを仰るのやら。貴方の侍従長である私が傍を離れてどうしますか。第一、私がいなくなったら倖人様、寂しくて泣いてしまわれるのではないですか？」

「なっ、子供じゃないんだぞ…っ。まったく、お前ときたら……」

顔を真っ赤にして言い返したあと、二人見つめ合ってぷっ、と吹き出す。

「……確かに、こうして下らないことを言い合う相手がいなくなっては困るな。それにこの小宮殿の従者はほとんど女性だし、正直戸惑うことも多いんだ」

「まあ、元々ここは姫の住まいだったところらしいですからねぇ。……ふむ、ではやはり、倖人様はここでは姫という扱いになっているのでしょうか。……倖人様の東宮侍従としてお仕《つか》えしていた私としては、少しだけ複雑ですね」

悪戯《いたずら》っぽく言う飛鳥乃に、倖人は勘弁してくれ、と頭を抱える。

「頼むから、お前までそういうことを言わないでくれ」

「お前『まで』って……ああ」

むすっとして言い返す倖人に、飛鳥乃も思い当たるふしがあったようで言葉を濁し、苦笑した。

この小宮殿に通う女官や、エルドレッドやサディアス二人の側近たちは、倖人のことを完全に『姫』として扱ってくるのだ。

今もまだ、皇太子であった時のことを思い出して、チクリと胸は痛むけれど……それでも冗談交じりにこうしたやり取りができるくらいに気持ちは整理できつつあった。

「……まあ、彼らの主の態度を見れば、それも致し方ないことですが。今日は王宮のほうに呼ばれているのでしょう?」

意味ありげな視線を向けられながら指摘され、思わずカァッと頬が熱く火照《ほて》る。

倖人の首には、白金と黒銀の二色の土台に深碧《しんぺき》と紫紅《しこう》の宝玉があしらわれた首輪が嵌められていた。

二人の『寵姫』の証《あかし》として、贈られた物だ。

この首輪にはエルドレッドとサディアスの魔力が込められていて、彼らにしか外すことができない。

つがいの決まっていない『末裔種』は望まぬ相手に強引に婚姻印を刻まれてしまわないように、うなじを守るいわば貞操帯のような用途でつけたりもするらしいが、いまだ第二の性が成熟していない倖人に関して、エルドレッドとサディアス以外の牙から守る意味があるのだと説明された。

この小宮殿にも二人は足繁くやってくるのだが、今回はとある決めごとのために、こちらから出向くことになっているのだ。

「そ、そうだな……そろそろ行ってくる」

赤くなった顔を誤魔化《ごまか》そうと、倖人は手早く身だしなみを整え、そそくさと部屋を出た。


王城にあるいくつかの会議室の中でも奥まった場所にある、密談などで使われることが多いという小会議場。ここは今、エルドレッドとサディアス共同の副執務室として使われている。

緊張しながら部屋の扉を開けると、円卓に広げられた資料や報告書の山を挟んで、エルドレッドとサディアスが対峙していた。

「………ッ」

二人の間に漂う、ピリピリと刺すような緊迫した空気を肌身に感じ、倖人は思わず息を呑む。

「――倖人？」

だが扉の軋《きし》む音に二人が振り返り、倖人の姿を認めた途端、先ほどまでの張りつめた空気が霧《む》散《さん》し、彼らの表情がやわらいだ。

「どうした、そんなところで立ち止まって。さあ、座ってくれ」

エルドレッドが甘い笑みを浮かべ、倖人を手招く。

「散らかったままですまないな。思いのほか、成果報告に時間がかかってしまったんだ」

サディアスも手元の資料を綺麗に揃《そろ》え直すと、倖人を見つめ、いつもは人を寄せつけない強面《こわもて》をほころばせ、喜色《きしょく》をあらわにする。

「自分たちの『寵姫』にする」と言い渡して、首輪まで着けたくせに、『寵姫』として傍にいることを受け入れた倖人に、二人は驚くほど優しかった。こんなによくしてもらっていいのだろうか、と戸惑うほどに。

心配性すぎると感じるほどの二人の過保護ぶりが、あの自刃騒ぎのせいだと分かっているから、申し訳なさに倖人の胸は痛んだ。

二人とも折りにふれ、まるで無事を確かめるように倖人の首元を気にするからだ。

彼らの『寵姫』の証として着けられたこの首輪も、二人以外から婚姻印をつけられないように牽制《けんせい》しているだけではなく、首元に刃を突き立てようとした時の光景が頭から離れず、二度とあのようなことはしないように、という願いも込められているのかもしれなかった。

――皇太子ではなくなったからといって命を絶つなど……天帝陛下が、そしてお腹を痛めて貴方を産んでくださった皇后がどう思うか、少しでも考えたのですか。

飛鳥乃の言葉に、自分のことでいっぱいで周りが見えず、残される人のことを考えることができなかった己の浅はかさを思い知った。

死を選ぼうとした倖人を間近に目撃してしまったエルドレッドとサディアスの心にも傷を負わせてしまったのだろうか。

そしてもう一つ――あれから彼らから求められて、戸惑いとためらいを残しながらも身体を重ね、そのたびにうなじに牙を立てられてきたにもかかわらず、時間が経《た》てばその痕も薄れ、一向に安定しない婚姻印。

不完全な噛み痕が、皇太子としての資格を失って、しかし『末裔種』にもなりきれずにいる中途半端な自分を象徴しているようで……二人の情熱に、まともに応《こた》えることすらできない自分が哀しかった。

それでも倖人が気に病まないように一切そのことには触れることなく、変わらぬ情愛をもって接してくれる。

そんな二人の思いやりを感じるたび、切ないような、なんともいえない甘苦しい気持ちになる。

けれどもう、悲嘆や感傷に搦《から》め捕《と》られて愚かな過《あやま》ちを繰り返したりはしない。

思いもしなかった状況に置かれた上に、自分でもままならない己の性を抱え、まだまだ歯痒い想いや恐れを感じることも多々あるけれど。そんな自分を求めて傍にいてくれるエルドレッドとサディアスの存在が、どれほど心の支えになっているか。

だから自分も、彼らに少しでも報いることができるように、明るく前向きにいよう。そう決めたのだ。

――もしもお前が俺たちの前から姿を消したら――互いに互いを責め、それこそ血で血を洗う戦いを始めるだろう。それを止める者などいないのだからな。……お前以外には。

――本当に呪いなどないと言うのなら、私たちの傍にいて、証明してみせてくれ。

そう言って自分を求めてくれた、二人のために。

今までずっと、擦り寄ってこようとする者たちをけんもほろろに退け、愛想を振り撒《ま》くことすらない氷の貴公子と呼ばれたエルドレッドと、鋼《はがね》の鉄面皮《てつめんぴ》と評されたサディアスが、こんなやに下がった顔を見せるなんて初めてのことだ――彼らの側近たちから、口々にそう言われた。

そんなことを思い出してなんだか気恥ずかしい心地になりつつ、ぎくしゃくとうながされるまま二人の間の席に着く。

「あ、あの、今回の成果報告、私にも聞かせていただけますか？」

そう切り出した瞬間、満面の笑みを浮かべうなずくサディアスと、苦虫を噛み潰したような表情になるエルドレッド。

彼らのその様子から察するに、今回はサディアスが勝負に勝ったらしい。

勝負、といっても、決闘などのいさかいを起こしているわけではない。

最初、二人から切り出された時の雰囲気から内心、心配していたのだが、エルドレッドとサデイアスが互いに牽制し合っているおかげで、想像していたようなことにはならなかった。

なにか望むことはないかと聞かれ、倖人はせっかく傍にいることになったのならば後学のためにも、王子としての二人の働きぶりをこの目で見てみたいと頼んでみたのだが、エルドレッドは内政をはじめとした国政を主に担当しているので王宮での執務や、国内への査察に行くことが多いのに対し、軍の統轄、そして軍事外交の要となって取り仕切るサディアスは諸外国へ出向くことが多く、二人一緒に公務に当たるということはほとんどないらしい。

だからまずはどちらに付き従うか決め、一人ずつ確かめていくしかないのだが、その順番を決める時に一悶着《ひともんちゃく》あった。

そこで議論の末、二人が決めたのが、「どちらが公務でより大きな成果を上げたかを競い、勝ったほうが倖人を傍に置く権利を得る」というものだったのだ。

「では、俺から報告させてもらおう。先日、俺が出向き調停を行ったトゥーリコ国の支配下に置かれていたダルク自治領が我が軍の援助のかいあって独立を果たし、正式に我が国の保護下に入ることが決まった」

「ダルク自治領が……!?」

サディアスの報告に、倖人は目を見開く。

大きな港があり、大陸の東の玄関口となっているダルク自治領を押さえたとなれば、貿易においても国防面においても有利になる。

「ふん……浮かれるな。まだダルク自治領が、素直に我が国に協力するかは分からないだろう。

なにしろ大国に囲まれているせいで繰り返し侵略を受けてきた地だ。他国に対する警戒心も猜疑《さいぎ》心《しん》も半端ではない。油断していると足をすくわれかねないぞ」

「そんなことくらいは承知している。倖人に同伴してもらう権利が俺のものになったんだ。必ずや満足いく成果を上げてみせるさ。俺の働きぶりをしっかりと倖人に見てもらうためにもな」

不敵な笑みで答えたサディアスに、エルドレッドは忌々《いまいま》しそうに顔を歪める。

「くそ…っ、今進めている協定の締結にさえこぎ着けていれば……」

エルドレッドも、ドラッヘンシュッツ王国に次ぐ大国と称される嘉良《から》国《こく》やアルマーン国などいくつかの国との協定を結ぼうとしているらしく、実現するとなれば、資源が豊富で保護国などを含め領地を多く持つドラッヘンシュッツ王国にとって大いに有益なものとなるだろう——そう熱弁を振るった。

「待っていてくれ、倖人。成果を上げて、次こそは私が君を独占してみせる」

そっと倖人の頬に触れ、エルドレッドが切なげにそう告げてくる。

「……エルドレッド殿下……」

——あまり、無理しすぎないでほしい。

エルドレッドの目の下にかすかに浮かんでいるクマを見つけて脳裏によぎった想いを、けれど倖人は口にすることはできなかった。

王位継承者としての矜持があるゆえに、その責務を果たすために身を削る覚悟で臨《のぞ》む。その心境は皇太子として育ってきた倖人にも理解できた。

それに、自分が原因でもあるのに。

「心配などしなくていい、と言いたいところだが……君には通用しないか。疲れに気づかせてしまうなんて、恥ずかしいところを見せてしまったな」

けれど倖人の表情に言いたいことを悟ったのか、エルドレッドが苦く笑う。

「そんな……！　恥ずかしいだなんて、そんなことは絶対にありませんっ」

私もまだまだだと自嘲《じちょう》するエルドレッドに、倖人はぶんぶんとかぶりを振った。

「こんな風に気遣われるのは慣れてなくて、なんだかくすぐったいな……不思議な気分だ」

少し照れくさそうな表情を浮かべるエルドレッドに、胸が痛くなる。

二人ともに優秀であるだけに、公務で成果を上げても当然のこととして受け取られることも多いのだろう。

兄弟というすぐ間近にいる自分の強敵となる存在と比較され続け、完璧にできて当然、という期待を背負う重圧と、少しでも隙を見せれば足をすくわんとする周囲の注目の中で、満足のいく成果を上げ続けるのがどれだけ難しいことか。

宮中という伏魔殿《ふくまでん》の中、大きな権力の下に集まってくる者たちの残酷さを知っているだけに、もし自分が二人の立場に置かれたら……と想像しただけで、ゾッとする。

「……勝ったのは俺のはずだが、なんだか悔しいな。倖人にそんな風に心配してもらえるなんて」

「サディアス殿下も同じです。今回のことで無茶をしたんじゃないかって……だけどこうして難しい交渉をまとめ上げて、本当に尊敬してます」

拗《す》ねたように言うサディアスがなんだか可愛くて、倖人は小さく笑うと彼のしなやかな黒髪を撫でた。

すると張り合うように「倖人、私も」とエルドレッドに乞われ、二人とも子供みたいだと苦笑しながらも、「はい」と答えてもう片方の手で彼の髪を撫でる。

うっとりとした顔で二人、されるがままになっていたが、

「倖人は自分のせいで俺らが無理をしていると心苦しく思っているかもしれないが、とんでもない。どのみちこなさなければならない公務をこうして倖人に評価されて、誉めてもらえるようになって、むしろ以前よりもやりがいを感じているくらいだ。……お前に会う時間がなかなか取れなくなっているのが不満ではあるが」

サディアスは不意に真剣な口調でそう告げ、倖人の手に触れてきた。

「ああ。その通りだ。……しかし、私はまたしばらくの間、君に会えなくなるのか」

エルドレッドがその麗《うるわ》しい顔を曇らせ、ため息をつく。

「倖人は俺と一緒にダルク自治領についてきてもらう予定だからな。せいぜい今のうちに、この可愛い姿を目に焼きつけておけ」

挑発するように倖人の肩を抱くサディアスに、ならば、とエルドレッドも引き離そうと腰を引き寄せてきた。

「ちょ…っ、ふ、二人とも、どこを触ってるんですか！」

二人とも張り合いながらもどこか息が合っているのがなんだかおかしくて、怒っているつもり

が、いつの間にか笑ってしまっていた。

あまりに短い間に激変した状況や、未知の出来事に恐れを抱いていたけれど、拍子抜けするほど穏やかな日々を送っていた。

――ずっと、こんな風にいられたらいいのに……。

それはきっと叶わないだろうと分かっていて、それでもそう願わずにはいられなかった。


そして話し合いから三日後。

軍司令部代表としてダルク自治領を訪問するサディアスに、倖人も同行することとなったのだが……。

「え…っ、船団でダルク自治領へ赴《おもむ》くのではないのですか?」

ダルク自治領は大陸有数の大きな港を持つことでも知られている。

自分たちが耶麻刀国からドラッヘンシュッツへとやってきた時のように、てっきり船での航行となると思い込んでいた倖人に、

「なぜわざわざ船など出さなければならないんだ? 自分で飛べばいいだけのことだろう」

サディアスは怪訝《けげん》そうに片眉を上げるとそう言い放つ。

サディアスの側近や直属の軍人は皆、竜型へと変化することができるため、物資の輸送や目立

ちたくない場合など、特別の事情がなければ竜体で隊列を組み、空を飛んでいくのだという。

軍総司令官にして竜族の王子、黒銀の竜と化したサディアスを先頭にして大空を舞う、竜たちの群れ。

その雄姿を想像して、わくわくと倖人の胸が高鳴る。けれど、

「いいな……私にも、空を飛ぶ翼があればいいのに」

翼も特殊な能力も持たない人族である自分には到底無理な話だ。

自分はサディアスたちとは別の手段で行くことになるのか、と倖人が肩を落としていると、

「なにを言ってるんだ。お前はすでに、最強の翼を持っているだろう」

彼はニッ、と悪戯っぽく笑う。

「私が翼を……？」

意味が分からず呆然《ぼうぜん》とサディアスを見上げると、彼は「ああ」とうなずく。

「俺が、倖人の翼になる。俺の背に乗ればいい」

そう言い切って己の胸をドン、と力強く叩くサディアスに、倖人は目を見開いた。

「私が、サディアス殿下の背に……いいのですか!?」

竜の背に乗って空を飛ぶなんて。しかも最強と名高い黒銀の竜、サディアスの背に乗るなんて……畏れ多い気持ちはあるけれど、それ以上にワクワクと胸が躍り興奮する自分を抑えきれない。

未知の体験に想いを馳《は》せ、目を輝かせる倖人に彼はフッと笑みを零《こぼ》す。

「お前を他の者に預けるなど、考えられないからな。俺の背の上は、もっとも安全な場所だぞ。

なにしろ俺より高く飛べる者はいない。たとえこの身に矢を射られようが大砲を打たれようが、俺がすべて防いでみせる」

倖人の紅潮した頬へと触れ、サディアスはそう宣言した。

「そんな…っ、縁起でもないことを言わないでください！」

自分のせいで、彼が傷を負うなんて……もしもそんなことが起こってしまったら。

想像しただけで全身から血の気が引き、倖人は悲痛な声で叫ぶ。

自分が死を選ぼうとした時、彼にもこんなつらい思いをさせてしまったのだろうか。

「すまない……だが、本気だ」

けれど迷いのない声でそう告げる彼のまっすぐなまなざしに射貫《いぬ》かれて、切なさに心臓が引き絞られるような痛みを覚え、倖人は息を喘がせる。

「……あなたはいつも、そんな危険の中、色んな国へ行ってるんですよね……」

サディアスは国のために、そして民のために、文字通り身体を張っているのだ。

今まで、どれほどの危険をかいくぐってきたのだろう。

泣きそうになるのを必死にこらえていると、ふいに頬をむにゅりと引っ張られて、思わず「んぇ…っ!?」と変な悲鳴を上げてしまう。

いきなりなにをするのか、と驚いてサディアスを見上げると、

「そんな可愛い顔ばかりするな。……心配してくれるのがうれしくてつい、もっと意地悪を言ってしまいたくなるだろう?」

彼はからかうように言って、クッ、と不敵に笑った。

「今回の旅路は安全な地域しか通らない。お前に怖い思いなどさせたくないからな」

倖人の目尻を撫でながら、なだめる口調でそう言って愛しげに目を細める。

サディアスの気遣いに胸が詰まって、その慈《いつく》しむような優しい瞳に吸い込まれるようで……倖人は自分の頬が火照るのを感じて、くすぐったい感覚に戸惑いつつ、心配ばかりで心を曇らせるよりもまず、彼との旅を楽しもうと心に決め、うなずいた。

6

――そして、待ちわびたダルク自治領への出立の日。

晴れ渡った青空の下、騎乗しやすいようにと狩衣《かりぎぬ》を着用したその上に、サディアスが「上空は寒いから」と言って用意してくれた袖なしの毛皮の外套を羽織った倖人が城の中庭へと向かうとそこには、月夜に見た空恐ろしいほどの禍々《まがまが》しさとはまた違う、雄々しくも神秘的な雰囲気をまとった竜型のサディアスがいた。

竜型の彼を見るのは、初めて会った時以来だ。

近寄りがたいほどの圧倒的な存在感を放つその巨体を前にして、倖人は込み上げる緊張に思わず、ごくりと喉を鳴らす。

『待っていたぞ、倖人』

けれどサディアスは倖人の姿を認めた瞬間、そのまなざしをやわらげ、固い鱗《うろこ》に覆われた口の端をわずかに上げた。

――あ……笑った。

よく見れば、紫紅色の目は人型の時とまったく同じだ。その表情の変化に気づいた途端、厳《いか》めしく、一見無機質にも見える竜の相貌《そうぼう》もすべて紛れもなくサディアスなのだと実感して、倖人も頬をほころばせる。

『ほら、見てみろ。倖人専用の鞍《くら》を作らせたんだ。外套もお前と揃いのものにしたぞ。俺は比較的小型の翼竜たちとは違って体も大きい上に鱗も格別固いから、普通の装備では乗りづらいだろうと思ってな』

言われてサディアスの背を見やると、黒銀の鱗に覆われた首の付け根から背の中央までを包む毛皮の外套を着け、その上に特注で作らせたという美しい白銀の鞍を載せていた。

皆から畏怖《いふ》される黒銀の竜と化しているのに、どうだ、とばかりに背を向けて鞍を強調する彼がなんだか可愛くて。倖人はクスリと笑うと、

「ありがとうございます。とても素敵です」

感謝を告げて、彼の足元へと近づいていく。

すると黒銀の竜はゆっくりと脚を折り、倖人が乗りやすいように身をかがめた。

鞍につけられたあぶみを足掛かりになんとか背に乗り上がって、固定用の革紐を腰に結ぶと、

『しっかりつかまっていろ』と声をかけられて、慌てて彼の首にしがみつく。

少しして、ゆっくりと立ち上がったかと思うと、鞍の後ろ脇にある両翼がぶわっ、と開き、外套をはためかせながら、巨大な竜の体がじわりと浮かび上がっていく。

「――……ッ！　うわぁ…っ、すごいすごい…っ」

黒銀の翼が羽ばたくたび、巨体が宙に浮き、地面がどんどん離れていく。その不思議な感覚に、倖人は歓声を上げた。

『倖人、喜んでくれるのはうれしいが、今はあまりしゃべるな。飛行が安定するまでは振動が続

く。なるべく負荷をかけないよう気をつけてはいるが……油断していると舌を嚙んでしまうぞ』

「あ…、すみませんっ」

サディアスに苦笑交じりにたしなめられて、事前に注意されていたのに、と倖人は急いで気を引き締めると、彼の首にすがりつく手に力を込める。

サディアスが飛び立ったのに続き、物資を積んだ翼竜、そして大型の竜兵たちが取り囲むようにして隊列を成し、羽ばたいていく。

ぐんぐんと高度が上昇していき、霊峰の頂上にある城の全容、そしてやがて霊峰全体と、その裾野に広がる巨大な都市までが眼下に一望できるようになっていた。

「わぁ……っ」

その高さに目が眩みそうになりながらも、美しい風景に感嘆のため息を漏らす。

山肌には木々の合間に流れ落ちる滝が虹を作り、その裾野には綺麗な花が咲き乱れる草原が広がって、そして繁栄を誇る都市へと繫がっていく。そんな絶景に目を奪われ、放心状態になっていると、

『大丈夫か、倖人。怖くないか?』

サディアスが心配そうに話しかけてくる。

「いいえ…っ、全然！　むしろ楽しいです…っ」

興奮に上ずった声で答えると、サディアスは『よかった』と安堵《あんど》した様子で呟《つぶや》いた。

『なにしろ、俺が人を乗せるなど初めてのことだからな。怖い思いをさせてしまったら、と不安

だったんだ』

確かに、軍の総司令官であり王子であるサディアスの背に乗るなど、普通なら考えられないことに違いない。

なのに色々と考えて準備して、さらにこんな風に心を砕いてくれるなんて……。

「怖いわけないじゃないですか……信じていますから」

サディアスの思いやりにじわりと胸が熱くなって、倖人はそう言ってぎゅっと彼の首筋に抱きついた。

『そうか……そうだな。お前は、最初から俺を畏れなかった。それに新しいことにも果敢《かかん》に挑戦できる勇気を持っているんだったな』

しみじみと呟いた彼の言葉がくすぐったくて、倖人ははにかんだ。

そういえば、飛鳥乃は今回のダルク自治領訪問の話をしたとたん、「空を飛ぶなんて」と顔を真っ青にして、結局ついてくるのを断念したのだ。

竜の背に乗せてもらう経験など滅多《めった》にできるものではないのに、なんともったいないことを、と思ったものだ。

『なら、遠慮なく飛ばせてもらうことにしようか』

「はいっ。思いきりどうぞ!」

愉快そうに言うサディアスに、倖人は張り切って答えると、気を引き締めて手綱《たづな》を握る手に力を入れた。

本格的に飛ぶ体勢に入ったサディアスは、雲をかき分け、ぐんぐんと速度を上げて空を駆けていく。

「――――…ッ」

彼が前傾姿勢になったせいで目の前が開け、まるで本当に自分が飛んでいるかのような錯覚に陥《おち》って、倖人は危険と隣り合わせの爽快感に、ゾクゾクと背を粟立《あわだ》たせた。

『倖人、右を見てみろ』

「あぁ…っ、もう海辺まで来たんですね！　すごい、キラキラしてる……」

サディアスに声をかけられて視線を移すと、紺碧《こんぺき》の海原が陽射しを反射して目映いほどに輝いているのが見えて、倖人は歓声を上げる。

耶麻刀国から船を使ってたどり着いた港から、王都にある城は遠く、馬車で丸一日はかかったというのに。

そのあともサディアスは『左に小さな島があるだろう？　あそこには珍しい食べ物があるんだ。また時間がある時に連れていってやろう』とか『あの岩礁《がんしょう》、船からでは分からないが、上から見ると面白い形をしているだろう』とか色々と説明してくれて、そのたび倖人は新しい発見に驚かされたり感心したり……おかげで、まったく飽きることがなかった。

やがて日が傾いてきて、見事な夕焼けに照らされた海の雄大な景色に感動していると、

『――――岬が見えてきたな。もう少しでダルク自治領に着くぞ』

サディアスの言葉に、ハッと我に返って目を凝《こ》らすと、前方、海原の彼方にかすかに陸地が姿

を現していた。

そして徐々に大陸へと近づいていき、さらに陸の上をしばらく飛ぶと、広い港町の奥に堅牢《けんろう》な城壁に囲まれた要塞都市がそびえ立っているのが見えてきて、その厳重な警備に倖人は息を呑む。

――さすが、貿易の要と言われる港町だけあって、すごい警備だな……。

『――降下するぞ。しっかりつかまっていろ』

感嘆し見入る倖人に、サディアスが注意をうながす。

サディアスといえども許可なく城塞の壁を飛び越えることはできないようで、一行は櫓《やぐら》の傍の開けた場所へと降り立っていった。

サディアスと同じ景色を見て、共に飛ぶことができて……憧《あこが》れだった竜の気持ちを味わえたようで、倖人はしみじみと夢のような空の旅の記憶を噛み締めつつ、ふさふさの黒銀色のたてがみに頬ずりすると、彼もまた、振り向いて目を細めて微笑う。

身を屈《かが》めたサディアスから倖人が降りると、竜の一群は目立っていたようで、すでに城壁沿いに兵士たちがずらりと並び、サディアスたちを敬礼して迎えた。

サディアスは部下たちに鞍などの装備を外させたあと人の姿に戻ると、出迎えの兵士たちに「ご苦労」と謝意を述べ、用意されていた馬車へと乗り込んだ。

馬車で城壁を回り込み、正門を通ってダルク自治領の領主の元へと向かう途中、

「大丈夫か？　休憩なしで乗り続けて疲れていないか」

サディアスは気遣わしげに眉を寄せ、倖人の顔を覗《のぞ》き込んできた。

「全然です！　楽しくて、時間があっという間に過ぎて……もっと乗っていたいくらいでした。本当に、ありがとうございました」

もう終わってしまうのかと思うと切なくなって、少し瞳が潤んでしまうくらい、すっかり彼の背に乗っての空の旅の虜《とりこ》になっていた。

「竜に興味を持っているようだったから、きっと喜んでくれると思ったんだ。楽しんでくれたなら、俺も準備したかいがあったよ」

サディアスは噛み締めるようにそう言うと、とろけるような優しい微笑を浮かべる。

――色々と気遣ってくれて、与えてもらってばかりなのに……どうしてサディアス殿下は、こんな風に言ってくれるんだろう。

その表情を見ていると、なんだか胸がきゅうっと締めつけられるように切なくなる。

自分たちはつがいなのだとなんの迷いもなく言うサディアスに対して、自分はそれに応えるだけの確信も覚悟も、『末裔種』としての自覚すら、いまだ持てずにいるというのに。

うなじに刻まれたあと、薄れていた婚姻印。いつか完全に消え去っていって、それと共に、この縁も儚《はかな》く消えてしまうかもしれない……。

過ごす日々があまりに楽しくて、自分の立場を忘れて浮かれてしまいそうで……倖人はそんな己を戒《いまし》めようと唇を噛み締める。

「だが、慣れない騎乗でおそらく自分が考えているよりも体に負荷がかかっているはずだ。あとで疲労が出てくるかもしれないからくれぐれも無理はせず、少しでも体調がおかしいと思ったら遠慮しないで言うんだぞ」

「は…、はい」

慈しみのこもったまなざしでこちらをまっすぐに見つめ、肩を撫でてくる彼に、うれしいのになぜか苦しくなって……倖人はそっと目を伏せた。


ダルク自治領の領主の城に着くと、貴賓室でしばらく待たされたあと、妙齢の女性が姿を現した。

「殿下、わざわざご足労いただきありがとうございます。此度《こたび》は我が自治領のためにご尽力くださったこと、本当に感謝いたしておりますわ」

「ああ、アイシャ殿、堅苦しい礼などはなしにしよう。今回は互いに腹を割って話し合うために来たのだからな」

ドラッヘンシュッツ王国をはじめとする西のものとも、耶麻刀国のような東のものとも違う、絹を巻きつけた形状のドレスを身にまとったその女性は、しゃなりと艶《あで》やかな仕草で近寄ると、サディアスにうながされ、彼のななめ前の席へと腰掛ける。

「お出迎えが遅れ、大変失礼いたしました、サディアス殿下。支度に時間がかかってしまって……誠に申し訳ございません」

「いや、構わない。こちらが予定よりかなり早く着いただけのことだ」

どうやら倖人のためにかなり時間にゆとりを持って出発したらしい。

何度か『休憩しなくて大丈夫か』と尋《たず》ねられたが、降りるのが惜しくて「大丈夫です」と断ったのだ。

自分のせいで予定を狂わせたのかと心苦しく感じていると、女性が鮮やかな化粧を施した美しい相貌に微笑みを浮かべてこちらを見つめてくるのに気づいて、思わずドキリとする。

「ああ、紹介がまだだったな。彼は耶麻刀国皇子の倖人殿下だ。……倖人、彼女がこのダルク自治領の領主、アイシャ・ユスハーン殿だ」

「初めまして、アイシャ様。大事な会談に、私のような第三者が同伴することをお許しくださってありがとうございます。いきなりのことで、サディアス殿下にもアイシャ様にもご負担をおかけしてしまい、申し訳ありません」

「そう畏《かしこ》まらないでくださいな。倖人殿下はドラッヘンシュッツ王国と友好関係を結ぶためにわざわざ遠いところからいらしたのでしょう？　ドラッヘンシュッツ王国の友好国となれば、王国の保護下に入った我が自治領とも今後親しくお付き合いさせていただくことになりますもの」

サディアスに紹介され、アイシャと握手を交わして倖人が謝辞を述べると、彼女はおっとりとした口調で言った。

「そう言ってくれると話が早い。耶麻刀国は素晴らしい加工技術を持っていて、新しい発想の優れた品を作るのだが、地の利がなく、他国との貿易に関してはダルク自治領に遠く及ばない。そこで、耶麻刀国の製品を世界に広めるため協力してほしいのだ」

サディアスが切り出した提案に、倖人は驚きに目を見開いた。

これまで、ダルク自治領と耶麻刀国の間に国交はなかった。ダルク自治領は交易が盛んだが、それゆえ大国が貿易の利権を握っており、耶麻刀国のような小さな国はなかなかその輪に入れずにいたのだ。

ダルク自治領の領主と面識ができれば、その取っ掛かりになるだろうとは考えていたが、あくまで今回はドラッヘンシュッツ王国との話し合いなのだから、こうして同席させてもらえただけでも充分だと思っていたのに。

サディアスの心遣いに胸を衝かれて、倖人は感謝に瞳を潤ませて彼を見つめる。

一方、アイシャは紅を引いた唇に指を当てて少し考える素振りを見せると、

「耶麻刀国の製品の素晴らしさは、私も聞いたことがありますし、手に入りやすくなるというなら喜ぶ国も多いでしょう。需要の見込める優れた品が扱えるならば、我が自治領にも利益となる話ですし、断る理由はありませんわ。ですが、この話し合いで切り出すということは……まさかそれが、今回、我が自治領に要求する条件ということなのですか？」

いぶかしげに首をかしげてサディアスを見上げ、尋ねた。

「そうだ。不服か？」

「滅相《めっそう》もありませんわ！　むしろ、好条件すぎて少し怖いくらいです」

アイシャは大袈裟《おおげさ》に首を打ち振るって否定しつつも、彼女の目はサディアスの真意を探るよう

にじっと表情を窺《うかが》っていた。

旨《うま》い話に飛びつくことのない、噂通りの警戒心の強さだった。それくらいでなければ大国を相手に渡り合っていけないということなのだろう。

「なにもダルク自治領だけが得をするわけではないぞ。耶麻刀国はもちろん、ドラッヘンシュッツと友好関係を結び庇護することになった二国が栄えれば、必然的に我が国も潤う。互いに利益のある関係でなければ、どの道長続きはしないからな」

サディアスは鷹揚《おうよう》に笑ってそう告げた。

小さな国や領地から搾取《さくしゅ》するのでは、反発を招き他国の付け入る隙を与えてしまう。ダルク自治領がドラッヘンシュッツ王国に助けを求め、トゥーリコ国から独立した時と同じように。

サディアスの深慮に、倖人は感嘆した。

「サディアス殿下……本当に、ありがとうございます」

ダルク自治領と耶麻刀国との友好関係を大事に思い、長い付き合いをしていこうという意思の表れともいえる彼の提案に、倖人は改めて謝意を述べる。

「礼を言うのはまだ早いぞ。これはあくまで耶麻刀国にとって西方への貿易経路を確保したにすぎない。様々な国の品が集まるこのダルク自治領で、どのようにして耶麻刀国の品を売っていくか……肝心なのは、これからなんだからな」

「はい…っ」

西方諸国の文化や風習を調べて、需要の高そうなものを探っておかなければ。

わくわくと胸を躍らせて返事をすると、優しいまなざしで見つめてくるサディアスと目が合って、倖人は顔が熱くなるのを感じてうつむいた。

「それにしても、少し驚きましたわ。こう申してはなんですが、サディアス殿下はあまり他国の者と深く関わりを持つことを好んでいらっしゃらないと思っておりましたの。先の調停で見事に場を治めてくださった時も、お礼にとうちで開いた宴には一切顔も出してはいただけないまま、いつの間にかお帰りになってしまわれましたし……やはり、そこまで心境が変化したのは、倖人殿下のおかげなのかしら？」

そう言ってアイシャはサディアスと倖人を交互に見つめると、悪戯っぽく目を細めて微笑《わら》う。

「すでに双子の王子が寵姫を迎えた、という衝撃的なお話は私どもの耳にも入っておりますのよ」

「……………ッ」

さらに続けられた言葉に、倖人は顔を真っ赤にして絶句する。

もう、他国にも話が伝わっているのか。

自分で覚悟して決めたこととはいえ、第三者の口から聞かされると、目眩《めまい》がしそうだった。

「さすがに耳が早いな。その通りだ。倖人の憧れる『始祖竜《しそりゅう》』リントヴルムのように強く賢い王となるためにも、他国との付き合いを苦手だからと避けるわけにはいかないからな。これからは交流の場にも積極的に参加するよう心がけるつもりだ」

「あら。でしたら私も殿下と親しくなれる好機かしら……と言いたいところですが、衛兵の話では、サディアス殿下御自《おんみずか》ら、倖人殿下を背に乗せてきたそうではありませんか。まさか皆がひれ伏す絶対的な力の象徴である黒銀の竜の背に、人が乗る姿を目にする日が来るとは思いませんでしたわ。殿下のご様子を見ても、残念ながら付け入る隙はなさそうですわね」

からかうような問いにも揺らぐことなく返すサディアスに、アイシャは苦笑しながらため息交じりに言う。

「ああ。俺は倖人以外に寵姫を作るつもりはない。だが寵姫にならなくとも、友好関係を築くことはできるさ。国同士の外交では、両国を公平に扱うことを約束する。……なにより、倖人がそれを望んでいるだろうからな」

「そうだろう？」と問いかけてくるサディアスに、倖人は喜びに顔をほころばせると、「はいっ」と勢い込んで答えた。

「ありがとうございます！　耶麻刀国に、交易のきっかけを作ってくださったこと、それと公平に扱うと言ってくださったことも……本当に感謝しています」

「倖人殿下、本当にそれでよろしいんですの？　……もしかしたら耶麻刀国に不利になるかもしれないのですよ」

アイシャの懸念《けねん》に、倖人は迷いなくうなずく。

「耶麻刀国のような小さな国が、公平に扱われるだけでも充分すごいことです。西側の大国に対してはまだ貿易の経験も知識もないのに、身の丈に合っていない厚遇を受けたとしても、自分たちの首を絞めるだけです。かといってすべてお膳立てしてもらっては、耶麻刀の民は育ちません。きっかけさえつかめれば、もしも困難や問題が起こったとしても、皆、自分たちで考えて克服できるだけの能力があると信じていますから」

　どれだけ無茶だと言われたことにも、果敢に挑戦して成し遂げてきた耶麻刀国民の潜在能力を高く評価しているからこそ、えこひいきなどされたくなかった。

「まったく、欲がないというか、ある意味野心があるというか……そこがたまらないんだが」

「サディアス殿下……」

　目を輝かせて語る倖人を引き寄せ、サディアスはとろけそうに甘い笑みを浮かべる。

「んもう、すっかりやに下がってしまわれて！　……まさか、あの難攻不落のサディアス殿下のこんなお姿を見ることになるなんて……複雑ですわ。いえ、お申し出はこちらとしてもありがたいことなのですけれど」

　アイシャは大袈裟に嘆くと、額に手を当てて空を仰ぐ。

「ぁ……ッ」

　我に返って慌てて離れようとする倖人と、まったく気にせず、腕の中に収めたままの倖人が焦るさまを楽しそうに眺め続けるサディアスに、アイシャは苦笑した。しかし不意に真面目な表情になると、

「――――サディアス殿下が他国の紛争にまで首を突っ込んだあげく、その圧倒的な力をひけらかして鎮圧と言う名の戦争を繰り返しても正当化されるのは、兄王であるエルドレッド殿下の外交手腕があってこそだ――――」

　おもむろにそう切り出してきた彼女に、倖人はギョッとする。

「サディアス殿下の活躍を妬《ねた》んでか、そんな風に吹聴する輩がいて、貴方を支持する私どもとしては歯痒い思いをしていたのですけど……今後は変わりそうですわね」

これまでの婀娜《あだ》っぽいものとは違う、凛とした笑みでそう告げた。

「……そうだな。変わったと認められるように、努力するつもりだ」

エルドレッドと比較され、そんな風に言われるなんて、心中穏やかではないはずなのに。憤りを見せることなく真摯《しんし》に答えるサディアスの姿は堂々とした風格に満ちていて……その潔《いさぎよ》さに倖人の胸が熱くなる。

「それにしてもいつもつれないサディアス殿下が、まさかそんなに情熱的なお方とは思いませんでしたわ。……羨《うらや》ましいです」

思わず、といった感じで呟いたアイシャに、倖人はドキリとする。

――やはり……アイシャ様は、サディアス殿下のことを……。

「貴殿も、これからは心から求める相手を見つけるといい。もう、トゥーリコ国王に縛られることもないんだ。これからはああいった輩がダルクの自治を脅かしたりしないよう、俺も力を尽くそう」

真剣なまなざしで告げるサディアスに、一瞬、アイシャの顔が激痛を覚えたようにくしゃりと歪んだ。

「……つれないかと思うと、そういうことを言うんですもの。残酷ですわ」

少し拗ねたような、責めるようなまなざしで軽くサディアスを睨《にら》んだあと、アイシャはふっと

切なげなため息を漏らすと、

「でもありがとうございます、サディアス殿下」

どこか吹っ切れたようにそう言って微笑んだ。

大人の色気にあふれているのに、少女のような愛らしさもあるアイシャは美しくて……倖人は二人のやり取りを眺めながら、複雑な気持ちになって目を伏せた。


その後、アイシャやダルク自治領の大臣たちと晩餐《ばんさん》を共にしながらまたひとしきり歓談したあと、城に泊まることになり、サディアス一行は滞在用の部屋に案内された。

「倖人、どうした?」

アイシャの口ぶりから、なんとなく察してはいたけれど……当たり前のようにサディアスと同じ部屋に案内され、固まる倖人に、サディアスが声をかけてくる。

「あっ、い、いえ…っ」

意識していることを知られたくなくて、倖人は慌てて彼がくつろいでいる長椅子の向かいに腰かけた。

「さっきお話にあったサディアス殿下が抜け出した宴、ってもしかして、私と初めて会った日のことですか?」

緊張を誤魔化そうと、ふと思いついた疑問を口にする。

「そうだ。あの日早く帰ったからこそ、なにも知らない状態で倖人と出会えたんだ。……皇太子と知っていたら、いくら俺でもあそこまで強引に求めることはできなかっただろうな。お前は、無理矢理奪っておいてなんて男だと思うかもしれないが……」

そう言って苦く笑うサディアスに、倖人は首を横に振った。

「そんなこと、思っていません。けど……そういった宴だけではなく、今まで色んな魅力的な方と出会ってきたんでしょう？　なのに、なんで……」

アイシャの妖艶《ようえん》な姿が頭をよぎって、倖人はぽつりと漏らす。

よりによってなぜ、自分なのか。

まだ『末裔種』としても未成熟で、婚姻印すら安定しない出来損ないの自分などより、もっと相応しい人がいるように思えてならないのだ。

「もしかして、妬《や》いてくれているのか？」

「そんな……私にはそんな資格は……」

うれしそうに尋ねてくるサディアスに、胸が苦しくなって倖人は目を伏せる。

自分には、嫉妬《しっと》する権利などない。

いまだにどちらをつがいにするか決めるどころか、二人が告げてくれるような熱情すら分からずにいるのに。

――なのになぜ、こんなことを聞いてしまったんだろう。

自分の気持ちが分からなくなって、倖人はきつく拳を握り締める。

サディアスは立ち上がると、倖人の拳にそっと大きな手を重ね、

「……今まで、肉欲に流されて身体を繋いでも……残るのは空《むな》しさばかりだった。お前だけだ。血が沸き立つように昂ぶって、苦しいくらい欲しいと願った相手は」

まっすぐなまなざしで、そう告白した。

「俺たちが本能のまま、倖人の地位も貞操も、これまでの常識も……なにもかも奪った。その上互いに譲らずに求め続けることで、真面目なお前を振り回して苦しめてしまっている。そう分かっているのに……抑えられないんだ」

苦渋をにじませて告げてきた彼の言葉に、胸を衝かれる。

己の心すらままならないと感じているのは、自分だけだと思っていたけれど……彼も同じなのだろうか。

サディアスは倖人の隣に腰掛けると肩を抱き寄せ、ぎゅっと抱き締めてくる。

「だから、今はこうして傍にいてくれるだけでいい」

「……サディアス殿下……」

広い胸の中にすっぽりと包み込まれると、とても心地よくて、安心して……なのになぜか泣きたくなるような切ない気持ちが込み上げてきて、倖人は息を震わせる。

「お前は、選べないことを悪いと思っているんだろうが……その代わり、他の者たちと違って、決して俺たちを比べて争わせようとしたりはしないだろう？」

「争わせようと、って……さっき、アイシャ様がおっしゃっていたような話は、よくあることなんですか?」

――サディアス殿下が他国の紛争にまで首を突っ込んだあげく、その圧倒的な力をひけらかして鎮圧と言う名の戦争を繰り返しても正当化されるのは、兄王であるエルドレッド殿下の外交手腕があってこそだ――

アイシャが語った噂話を思い出し、倖人は嫌な胸騒ぎを覚えて眉をひそめた。

「ああ。俺たちに近づいてくる者たちは、腹の中では俺と兄上と比較して、どちらにつくのが得か、情勢はどちらが有利か――皆、そんなことばかり考えて距離を測っているのが嫌というほど伝わってきた。媚を売ってきたかと思えば、もっと張り合えと言わんばかりに兄の功績を並べて焚《た》きつけてきたりもする。ずっと、その繰り返しだ」

うんざりとした表情で、サディアスは吐き捨てる。

倖人も兄弟で比較されるつらさは経験があるだけに、身につまされる思いだった。

「……本当は貴方も、エルドレッド殿下と争ったりしたくないんじゃないですか?」

「どうしてそう思う?」

おずおずと尋ねると、サディアスは少し驚いたように目を見開き、問い返してくる。

「今の言葉もそうですが……初めて会った日の翌朝、二人が鉢合わせして、争い合おうとしていた時、どこか苦しげで……ためらう気持ちを必死に圧し殺そうとしているように見えたのです。本当にその気になって武力で争えばサディアス殿下のほうが有利だと思うのに……」

「それは兄上を甘く見すぎているな。兄上もああ見えて強大な竜の加護を得た竜人だ。しかも兄上の恐ろしいまでに緻密に練り上げられた計略の数々を実行してきたからこそ分かるが、まともにぶつかればいかに俺といえどもただでは済まないだろうさ。もちろん負けるつもりはないが、互いに深手を負うのは間違いない。力ある竜族同士が争うというのはそういうことだ」

そう言って、サディアスは苦く頬を歪める。

過去に生まれた竜族の双子の王子たちの中には、どちらかが命を落とすまで争い続けた者もいた、という話を思い出して、倖人はゾッと背を粟立たせた。

「……ここだけの話、兄弟で争って痛めつけ合うくらいならば、いっそ俺が兄に王位を譲れば……そんな考えがよぎったこともある。だが、国のために命を賭《と》して戦う軍人たちのことを思うと、彼らの上に立つ総司令官である自分が、戦わずして兄上の配下に下ることは許されない。そもそも我が軍が圧倒的な力と恐怖の象徴として君臨《くんりん》できているからこそ、その威圧をもって最低限の犠牲のみで敵を退かせることができるんだ。他国に腰抜けと舐められるようになれば、多くの血と犠牲を生むことになるだろう。だから、そんなことはできない」

彼は、兄弟という濃い血で結ばれた絆《きずな》と、竜族の王子という地位と強い力ゆえに課された責務の間で板挟みとなって苦しんでいる。

――それでも、二人に争ってほしくない。

どうすればいいのか分からなくなって泣きそうになる倖人の頬に、サディアスがそっと触れた。

「もし俺の率いる軍の力が弱まってしまえば、寵姫である倖人、お前も危険にさらすことになってしまう。色んなものを奪って失わせて……それでも命を懸けて、誰もが呪われた双子の宿命だと決めつけていた俺たちの呪縛を解こうとしてくれたお前を、絶対に失いたくない。――だから、力が欲しい。何者にも揺るがされないほどの力が」

彼はなにかを吹っ切ろうとするように強い意思に満ちた瞳で倖人を見つめ、思いを告げると、

「俺たちと共にいてくれ。俺たちと共にいてくれると、そう決心してくれたことを後悔など絶対にさせない。だから……傍にいてくれ、倖人」

力強い声でそう言って、唇にくちづけを落とした。

「ん、う…ッ」

口腔《こうこう》を貪るようにくちづけられて、彼の想いの強さに呼応するかのように鼓動が激しく脈打つ。

「倖人、舌を出して」

唇を離してうながされ、おずおずと彼に向かって舌を差し出す。

すると、彼の口から舌が伸びて、倖人の舌をくすぐってきた。

普通の人より細長く、先が二股に分かれている独特の形状の舌。

竜族の中でもここまで先祖返りしているのは稀《まれ》で、これまでは双子王子の不吉な噂と相まって、異形《いぎょう》として恐れられていたらしく、彼は倖人にも極力見せないようにしていた。

けれど何度も身体を重ねていれば、いやでも気づいてしまう。

彼にお願いして初めてきちんと見せてもらった時、思わず口から漏れたのが、

――すごい……『始祖竜』リントヴルム様もこんな舌だったのかな……。

という言葉だった。

サディアスは「まったく、倖人はよほどリントヴルムが好きなんだな」と感心半分呆れ半分に言ったあと「……けど、倖人ならそう言ってくれると思った」と安堵した顔を見せたのだ。

怖がってなんかいないと教えてあげたくて、彼の二つに分かれた舌先を慈しみを込めて交互にちろちろと舐め、舌を絡ませる。

「ああ…、倖人……」

すると彼は興奮した様子で舌を食《は》み、唇を重ねると、きつく吸いついてきた。

くちづけの合間に袍《ほう》を外され、長椅子に押し倒されて袴《はかま》も脱ぎ落とされ……獰猛《どうもう》な欲望を帯びはじめたサディアスに、倖人はふるりと背を震わせた。

角度を変えて何度もくちづけられ、舌を吸われながら、帯びも解かれて……あらわになっていく肌が外気に触れ、倖人は息を喘がせる。

「あ…っ」

ふいに乱された単衣《ひとえ》の袷《あわせ》からサディアスの手が忍び込み、探るように胸を撫でられて、倖人は小さく声を漏らした。

「紅《あか》く熟《う》れて……ここもずいぶん育ってきたな」

単衣の前をはだけると姿を現した胸の先を覗き込んで言うサディアスに、倖人はかぁっと頬を赤く染める。

何度も弄《いじ》られているうちに倖人の乳首は敏感になって、愛撫されることを予感しただけでツンとした尖りを帯び、まるで早く触ってほしいとばかりに愛撫する彼の指に引っかかりを生んで、存在を主張していた。

赤く色づいた尖りに誘われるようにして、サディアスが顔を寄せ、乳首をくわえてきた。

「ひぁ…ッ。や、ぁ……そんな、しないで……んんっ」

――これ以上、淫らになってしまったら……。

乳首にくちづけられ、少し硬くなっている二股の舌先で刺激するようにしてつつかれ、舐め上げられて、さらに乳首が硬くしこっていくのを感じて、倖人は怯え、逃れようと身をよじらせる。

「倖人は意地悪だな……お前を独り占めするために頑張ったのに、ご褒美《ほうび》をくれないのか？」

「ぁ……」

「約束しただろう？　この旅の間、お前は俺だけの寵姫だ」

恥ずかしさについ抵抗してしまう倖人に、サディアスは咎《とが》めるように胸の先に舌を絡みつかせ、きつく吸い上げてきた。

「くぅ…んっ、ひぅ……んぁぁ……ッ」

舌の腹で押しつぶされたかと思うと、二つの舌先で巧みに胸の粒をこねられて、たまらず嬌《きょう》声《せい》が零れ落ちる。

「それに……お前が乳首で感じているのは分かっているんだぞ。先端から蜜がにじんできているからな」

「ゃ……あぁ……」

倖人の乳首からは汗とは違う、ほのかに白っぽく濁った液体がにじみ出てきていた。

これは子を孕む『末裔種』特有の分泌液らしく、刺激を受けて快感を覚えることで生み出されるのだという。

「ああ……お前の蜜、甘酸っぱくて、お前がどれほど気持ちよくなっているか伝わってくる……たまらないな」

乳首ににじむ分泌液を舐め取り、そう言って獰猛に笑うサディアスに、倖人はいたたまれなくなって火照る顔を伏せた。

サディアスの特殊な舌は味だけではなく匂いまで敏感に感じ取る能力があり、快感から生み出される倖人の愛液を特に好んでいて、執拗《しつよう》なほどに舐めたがるのだ。

彼の唾液と分泌液にまみれた乳首はもっともっとと、さらなる愛撫をねだるようにきゅんと硬く尖って突き出し、淫猥《いんわい》に光る。そのあまりのいやらしさに羞恥が込み上げて、倖人は思わず涙ぐんでしまう。

いまだ、『末裔種』として二人の雄からの寵愛を受け入れることに抵抗と罪悪感を抱く心。

けれど二人に求められ、代わる代わる愛され開かされていった身体はひとたび愛撫を受けると淫らにとろけていき、心を置き去りにして、雄を欲し、熱く疼《うず》いて……徐々に、奥底にひそんでいた『末裔種』としての性が芽吹きはじめていた。

そんな自分が怖くて、どうしても行為のはじめは怯えを覚えてしまうのだ。

「感じることを恥じたりしなくていいんだ。むしろ、もっと感じている姿を俺に見せてくれ。倖人……」

怯えに縮こまる心を見透かすかのようにそう言うと、サディアスは尖りを口に含み、蜜を舐め取りながら、さらに胸の先の性感を育てていく。

「ふぁ…っ、あぅ……んんッ」

幾度もねぶられ吸い上げられて、痛々しく張りつめた乳首は真っ赤に熟れ、空気に触れただけでもピリピリとした痺れを覚えるほど過敏になって、倖人は息を喘がせる。

「余計なことを考えられなくなるくらい、気持ちよくしてやる」

サディアスは顔を上げるとそう言って不敵に笑い、倖人の腰を持ち上げて脚を大きく開かせた。

「や、あぁ…、ま、待ってください、こんな格好……っ」

ほぼ袖を通しただけの状態になっていた単衣の前は完全にはだけ、胸から下腹部まですべてサディアスの眼前にさらされてしまう恥ずかしい体勢に、倖人は身体をよじって抗議する。

「ああ、もうこんなに蜜を零して……美味《うま》そうだ」

けれど聞き入れてはくれず、彼は陶然《とうぜん》と呟くと、胸の愛撫だけですでに苦しいほど勃ち上がった陰茎へと舌を這わせた。

先端ににじんだ蜜をちろちろと舐め上げたあと、二股に分かれた舌先を互いに絡み合わせたかと思うと、その尖った舌先を尿道口へと差し込んでくる。

「や、あぁ……だめ、駄目です…っ！」

彼がしようとしていることに気づき、倖人は悲鳴めいた声を上げた。

けれどぬめりのある分泌液で潤いを帯びた孔《あな》は、こよりのように回転しながらねじ込まれていく舌先の動きを止めることができず、中へと受け入れてしまう。

「ひぃ……んん！　んぁぁ……ッ」

狭い孔を拡げられるありえない感覚に目を見開き、倖人は髪を振り乱して身悶《みもだ》える。

舌先で奥まで穿《うが》ったあと、サディアスは易々と倖人のものを根本まですっぽりと口に収め、茎を吸い上げながらゆっくりと舌を引き抜いていった。

「ふあぁ…んッ。んぁ……くぅ…んっ」

突き入れられた時は苦しかったのに。抜かれる瞬間、解放感にも似た愉悦を感じてしまって……倖人の唇からこらえきれず甘えた声が零れた。

「こうやって抜き差しされるのが好きだろう？　ほら、愛液がどんどんあふれてきたぞ」

彼の言葉通り、先端の孔の中まで舌を這わされて愛撫された状態で、萎《な》えるどころかますます陰茎は硬さを増してひっきりなしに分泌液を零し、快感を訴えていた。

「ひゃ…っ、ああっ、やっ、だ、だめ……いやぁ……っ」

普通ではない行為に快感を覚える自分に羞恥と罪悪感が募って、倖人は瞳を潤ませ、その感覚を打ち消そうとかぶりを振る。

獰猛に求めてくるサディアスへのおののきが、次第に、貪欲になっていく自分への畏れへと変わっていく。

サディアスの特殊な舌は触れただけで状態を見抜いてしまう。倖人の「嫌」が「感じすぎて嫌」

なのだと、とっくに気づいているだろう。

そんな倖人の抵抗を阻《はば》むように、サディアスは陰茎をすすり込むようにして激しく吸い上げてくる。

「や…あぁ……んんっ――――ぁああっ!!」

そのあまりに鋭い快感に、倖人は目の奥に火花が散ったような衝撃に見舞われると同時に、びくびくと背をしならせて極まった。

最初よりも濃い白濁色の分泌液――――今まで精液だと思っていたけれど『末裔種』のものには精子は含まれておらず愛液と同じだと言われたそれを、サディアスはまるで甘露《かんろ》のように美味しそうに飲み干し、孔の中まで舌を潜《もぐ》り込ませて残滓《ざんし》まで舐め取っていった。

「ここも……すごいな、もう愛液がしたたり落ちるくらい濡れてるぞ」

サディアスは倖人の脚をさらに広げさせ腰を高く上げさせると、双丘の奥を覗き込んで感嘆の声を漏らす。

「や、ぁ……」

尻たぶを指で押し拡げられ、彼のなすがままに、恥ずかしいほどにひくつきながら蜜を漏らす秘部をさらけ出され、倖人は羞恥と、淫らな期待に胸を喘がせる。

息も絶え絶えになっている倖人の双丘の狭間《はざま》へと顔を寄せ、奥にある後孔へと彼は舌をもぐり込ませてきた。

「ひぁ…っ。ひぅ…っ、いや…そこ…っ、あぁ……」

二股の舌先にちろちろと内部にある牝孔の入り口をこすられ、倖人は身をよじらせる。

牝孔の縁をなぞるように円を描いていた舌の動きが、少しずつ開いてきた窪みを抉《えぐ》るものに変わっていき……そして不意に、つぷりと内奥へと入り込んできた。

「ひぁ…、んっ、んくっ、あぁ…ッ！」

長い舌が狭い男性膣へとずるりと侵入して襞《ひだ》を擦り上げたかと思えば、巧みに舌先をくねらせてすでに知られてしまっている弱いところを強く刺激してくるから、その強烈な刺激にたまらず倖人はビクビクと痙攣《けいれん》し、再び絶頂を迎えてしまう。

「んぁ…ッ！　あぁっ、あぁ……やあぁ…ッ」

達した瞬間、ガクガクと腰が跳ね、牝孔から愛液が勢いよく噴き出していく。

まるで小水のように不随意に漏れ出た愛液も、すべて口で受け止め、ごくりと喉を鳴らして飲み込む音が聞こえてきて……その粗相《そそう》したような感覚に、倖人の胸に申し訳なさと、そして背徳的な解放感を伴った快感がない交ぜになって押し寄せてきて、瞳を潤ませた。

「んぅっ、ぁ…んっ……やぁ…っ、も、もぅ……ッ」

極まった直後で鋭敏になった牝孔をちろちろとなぞり上げられて、倖人はいやいやをするようにかぶりを振った。

舌を後孔から引き抜き顔を上げたサディアスは、蜜で濡れた口元を舐めながら不遜に笑う。

「……欲しいのか？」

物欲しげに蠢動《しゅんどう》を繰り返す後孔へと昂ぶりをあてがうと、唾液と愛液で潤った内壁はそれに合わせてくちゅり…、と水音をさせて吸いつく。彼はその淫らさを教えるように、倖人の後孔のふちをなぞりながら囁いてきた。

彼の逞《たくま》しくそそり勃った昂ぶりを双丘の狭間に擦りつけられて、それに反応した襞がヒクヒクと蠢《うごめ》く。初めはそのあまりの大きさに恐ろしさすら感じていたというのに、今は早くその熱を飲み込みたいと願ってしまう。

「は…い…、ください、あぁ……貴方の……っ」

己の浅ましさを恥じながらも欲望をこらえきれず懇願した途端、収縮する内襞をかき分け、恐ろしいほど猛った昂ぶりを内奥まで突き込まれた。

「ひぃ…んッ！　んあぁぁ――――…ッ」

後孔から牝孔の奥まで一気に貫かれ、与えられたあまりに鮮烈な愉悦に倖人は極まって涙をあふれさせる。

熱塊《ねっかい》に限界まで内壁を開かれる衝撃にきつく背をしならせながらも、性感を高められしとどに濡れた牝孔は驚くほど従順に彼の逸物《いつぶつ》を呑み込んで、ますます熱を帯びていく。

「受け入れるのが早くなったな……ほら、もう蜜があふれてきているぞ」

「んぅッ、ひん…、ああっ。や…っ」

腰を揺さぶられるたび、後孔から攪拌《かくはん》され泡立った愛液がしたたり落ちていく。

「小さな孔で俺を健気《けなげ》に受け入れて……なのに、乳首とペニスはこんなに張りつめて、愛液と俺の唾液で光って……淫らで、なんて可愛いんだ。倖人……」

倖人の身体は火照って薄紅色に染まり、胸の先と陰茎は快感を訴え硬く勃ち上がり、彼の唾液と分泌した体液が混じり合ってぬらぬらと淫猥に濡れていた。

彼は貪るように腰を揺すり上げながら、高まり続ける身体を持てあまし悶える倖人の姿を見下ろし、感極まった声で呟く。

はしたない反応をサディアスに誉められて、淫らな自分を許されたうれしさが込み上げ、昂ぶる感情のままに瞳から涙があふれ出す。

自分の内にひそんでいた淫蕩《いんとう》さを暴かれていくことが恥ずかしくてしょうがないのに……なのにその羞恥すらも、倖人の身体にこもった熱を上げるのだ。

「ん、ぁ……っ」

上下する倖人の胸の先、そして涙が浮かぶ目元にくちづけられ、そのやわらかな感触にすら痺れるような愉悦を覚えて、倖人は息を弾ませた。

身体の奥まで彼の凶暴な昂ぶりを受け入れさせられて。苦しいはずなのに、なぜか甘くじんわりと満たされる心地になって、倖人は涙に濡れた瞳でサディアスを見上げる。

「倖人……っ」

「ぁ…っ、ふぁ…っ、んぅ…っ！」

サディアスは唸《うな》るように名を呼び、唇へとくちづけると律動を激しくする。

ちゅくちゅくと口腔をかき回されながら深く腰を揺さぶられ、さらにサディアスの昂ぶりが最《さい》奥《おう》まで突き入れられる。その圧迫感に翻弄《ほんろう》されて、倖人は彼の背に腕を回し、ギュッとしがみついた。

「ひぁ…っ！　ん…ぁっ、くぅ…んんっ」

腰を揺さぶられながらくちづけに応えているうち、熱に浮かされるように倖人の思考もとろけていく。

募る欲望に突き動かされ、倖人はいつしかサディアスに合わせて腰を動かし、快感を貪るようになっていた。

サディアスはくちづけを解くと、興奮に息を荒らげながら倖人の身体をうつ伏せさせ、首輪を邪魔そうに歯でくわえる。すると、彼の魔力が流れ込んで堅牢にうなじを守っていた首輪が、いとも容易《たやす》く外され落ちた。

あらわになったうなじへと舌を這わせたかと思うと、彼はおもむろに汗ばんだ白い肌へと噛みついた。

「ひん…っ！　あぁ……んんっ」

牙を打ち込まれてきつく食まれ、痛いはずの刺激すら、今の倖人にはたまらない快楽となって、脳髄を痺れさせる。

牙を穿ったまま、彼は腰を激しく突き上げてその太く張り出したくびれで、倖人の奥にひそむ弱い場所を擦り上げていく。

その鮮やかな快感に、倖人はびくびくと身体を震わせて、絶頂へと昇りつめ、そして、

「――…ッ」

サディアスも鋭く息を詰め、獰猛な唸りを上げて倖人の内奥に白濁を解き放った――

ダルク自治領での滞在中、アイシャの紹介で大商人の集まる会合や、駐留している他国の代表との顔合わせなどに参加し、倖人は多くの人と会い、様々な場所を見物して回った。

耶麻刀国がダルク自治領で貿易を本格的に始めるにあたっていくつか条約を結ぶ必要があり、また日を改めて天帝や大臣を招くことになっている。

サディアスに「その時は、倖人も同席できるよう計らっておくからな」と言われて、うれしい気持ちと同時に、この状態で父に会うことを怖いと思ってしまう自分がいた。

皇太子として親善に向かったはずの息子がいまや、双子の王子の寵姫なのだ。

宮中はさぞや混乱しているだろうし、父である天帝はいったいどのように感じているだろう。

そんなことを思うと、再会に尻込みしてしまう。

でも、だからこそ今回のダルク自治領との貿易権獲得という成果が得られたことは倖人にとって大きな救いだった。

そして――婚姻印については、いまだうっすらとした状態のまま変わらずにいた。

幾度も愛撫を受け、精を注ぎ込まれてきたおかげで性感は育ってきて、身体はそれなりに『末裔種』としての特徴を備えつつあり、気を失ってしまうくらいの法悦に至るのに、婚姻印も発情も不完全で、長く続くことはなかった。

熱が冷めてふと、繋がったまままうなじについた痕を甘く噛むサディアスに気づいて……まるで定着し婚姻印になるよう願いを込めているようなその姿に、胸が切なく締めつけられた。

滞在中も、毎夜のように情熱的に求められ、身体を重ねてきたのに……サディアスの想いにまともに応えることのできない我が身が悔しく、申し訳なかった。

けれど彼は「焦らなくていい。お前の性が熟すまで、いつまででも待つし、いくらでも愛してやる」と言って抱き締めてくれる。

兄であるエルドレッドとどちらの婚姻印が定着するか競い合っている上に、そもそも本当に成熟して婚姻印が定着する状態になるのかも分からない。

問題は山積みで、倖人にはこの先どうなるのか想像もつかない。

それでも、彼らが傍にいてほしいと願ってくれる間は――不安で心を曇らせてしまうよりも、こんなにも愛情を傾けてくれている今を大事にしよう。そう決めたのだ。

『倖人！　準備できたぞ』

帰国の日がやってきて、竜型となったサディアスが倖人を呼ぶ。

「まあ、鞍まで着けるんですの!?」

見送りに来たアイシャがサディアスの姿を見て、目を丸くした。

『ああ。倖人の身体に合わせた特注品だぞ』

「本当にもう。私も乗せてほしいっておねだりする隙すら与えてくれませんのね。最強と謳《うた》われし黒銀の竜ともあろうお方が、寵姫様にはこんなに甘いだなんて思いもしませんでしたわ」

自慢するサディアスに、やれやれ、とアイシャは肩をすくめる。

「あ、あのっ、アイシャ様、これは私が飛ぶことができないせいで、しかし時間もなかったので仕方なく…っ」

「倖人殿下、そんなに焦らなくとも大丈夫です。この程度のことでサディアス殿下の威厳が損なわれたりなどいたしませんわ。むしろ寵姫を大切にするお姿に、親しみを感じるようになったり好感を持つ者が増えておりますのよ」

自分のせいでサディアスの面子《メンツ》を傷つけては、と慌てる倖人に、アイシャはクスリと微笑って説明した。

「そうなんですか……?」

「ええ。なにしろ今までほとんど接する機会がなかった分、噂や戦場での鬼神のごときお姿の印象ばかりが先行していましたもの。でも倖人殿下への態度を見て、お心の優しい方だって分かって緊張がほぐれたと言う者もいますわ」

アイシャの言葉に、よかった、と倖人はホッと胸を撫で下ろす。

自分が傍にいることで、少しでもサディアスにとっていい影響があったというのなら、倖人にとってそれはなによりうれしいことだった。

こうしてダルク自治領を発《た》ち、倖人はサディアスの背に乗って帰途へとついた。

7

ダルク自治領から戻ってきてすぐ、サディアスは療養のため里に戻っていた王妃の帰国のため、護衛隊を引き連れて、国王ライムントと共に北西にあるロラン公国へと発った。

そして倖人は今回、エルドレッドにお供することとなって、馬車での陸路の旅を経て今、ドラッヘンシュッツ王国の東隣にある、アレフ共和国に来ていた。

大陸の東を制する虎族が君主である嘉良帝国、そして南方の海に広がる島々を牛耳《ぎゅうじ》る魚人族が君主であるアルマーン王国などから、ドラッヘンシュッツ王国の守護を求め、大陸の情勢安定のため友好協定と安全保障条約を結びたいという申し出があり、各国の君主たちが協定調印のために中立国であるこの地に集結する。

ドラッヘンシュッツ王国が中心となり、エルドレッドが国王の名代《みょうだい》として出席する大事な会合に、倖人も同伴することとなったのだ。

「倖人様、よくお似合いですよ……！」

「そ、そうか？」

飛鳥乃の賛辞に、倖人は落ち着かない気持ちで鏡の中の自分を眺める。

今、倖人は耶麻刀国の民族衣装である和装ではなく、エルドレッドから贈られた黒の上着にジレを合わせ、レースをあしらった幅広のリボンタイ、白のドレスシャツにトラウザーズと、ドラッヘンシュッツ王国の王侯貴族が主に着用する礼装を身につけている。

「ええ。倖人様はかなり小柄ではありますが、均整の取れた体つきをされていますから、ゆったりとした袴とは違って身体の線が出る洋装だと、実際よりも背が高くなったように見えますよ」

「小柄って……お前だって、一寸しか違わないくせに」

うちの侍従はどうにも一言多い、と倖人はむすっと口先を尖らせた。

「一寸違えば大違いです。……まあ確かに、この国にいたら微々《びび》たる差に思えますが」

苦笑する飛鳥乃もまた、従者用の洋装に着替えているのだが、子供用の寸法だと言われたと嘆いていた。

「――倖人、準備はできたか?」

扉を開ける音と共にエルドレッドの声がして振り向くと、彼もまた、白地に金糸で飾られた美麗な礼服に着替えていた。

「あ…、はい。エルドレッド殿下、こんな素晴らしい服を本当にありがとうございます」

彼が贈ってくれた服は、生地や仕立てのよさはもちろん、タイ留めや釦《ボタン》などがすべて大粒の宝石と白金でできていて、いったいどれほどの価値があるのかと考えると恐ろしいものがあった。

「気に入ってくれたならよかった。……うん、いいな。耶麻刀国の服を着た君も神秘的な美しさと凜々《りり》しさがあって好きだが、我が国の服を着ていると、倖人の華奢《きゃしゃ》さと可憐さが引き立って、いつにもまして愛らしいよ」

エルドレッドは甘い笑みを浮かべて言うと、倖人の髪を一房すくい取ってくちづけてくる。

「……っ」

彼の言動はどうにもこそばゆくて、いたたまれなくて仕方がない。

飛鳥乃を気にして視線を向けると、案の定彼は意味ありげに、にまにまと笑いつつ、からかいを含んだ視線を向けていた。

「あ、あのっ、今回の会合で気をつけることとかを教えていただければ…っ」

話の流れを変えようと尋ねてみたけれど、

「そう気負うことはないさ。事前に個別会談を設《もう》けて、各国との条件はすり合わせ済みで、概《おお》むねの合意も取りつけているからな。あとは形式的な手続きを踏むだけだ。いつも通りの君のまま、私の隣にいてくれるだけでいいんだ」

むしろ見せつけるように頬をくすぐりながらそう返されて、もう飛鳥乃がどんな表情をしているのか考えるのも怖くなって、倖人はただ熱くなった顔をうつむけた。


——そしてエルドレッドが話していた通り、一日目の会合はこれまでの取り決めなどの確認のみで予定通りに終わり、贅《ぜい》が尽くされた晩餐のあとの酒宴で、エルドレッドの下には各国の君主や王族が入れ替わり立ち替わり詰め寄せてきた。

「それにしても壮観ですね。ここまで多くの国の君主が一堂に会することなど、滅多《めった》にあることではないですよ。これも、偉大なる大国ドラッヘンシュッツ王国の御威光と、エルドレッド殿下のご尽力あってこそです」

「しかもここに集まる国のすべてが今回の協定と条約に合意したとなれば、それこそ歴史的な出来事となるに違いありませんぞ。外交に政略にと名采配を振るい続けてきたエルドレッド殿下にまた新たな伝説が加わるわけですな」

皆、口々に今回の大規模な会議開催にこぎつけたエルドレッドの労をねぎらい、その手腕を誉めそやす。

大小合わせ十ヶ国にも及ぶ国々の君主が集まる場で、エルドレッドは一際存在感を放ち、君臨していた。

残念ながら、まだ大陸的に存在感も発言権もない耶麻刀国はその中には含まれておらず、本来ならそんな栄えある場に立ち会う機会すら与えられないはずが、こうして今ここにいられる幸運に恵まれたことは、それこそ奇跡と呼べる出来事だった。

――エルドレッド殿下が連れてきてくださらなかったら、私が今、ここに立っていることなんて絶対にありえなかった。けど、いつかは耶麻刀国だって……。

倖人はエルドレッドに感謝しつつ、これから耶麻刀国がこういった場に入っていけるようになるためにも、この貴重な機会に色々と学ばなければ、と身が引き締まる思いだった。

「エルドレッド殿下！」

朗々《ろうろう》とした声に呼び止められ、エルドレッドが一瞬、ピリッとした空気をまとったのに気づいて、倖人は声をかけてきた男性を見やる。

鮫《さめ》の特性を持った魚人族の長であり、南方の海の領有権を主張して近づく船をことごとく沈め、『海賊王』の二つ名を持つアルマーン王国国王、ルガール。

布を巻きつけたようなゆったりとした民族衣装をまとう彼は、人波を掻き分けてエルドレッドの傍へと進み出ると、手にした杯を掲げ、

「大陸全土の安全と繁栄、そしてそのために尽力くださった、エルドレッド殿下に乾杯――」

そう告げて、エルドレッドの持っている杯へと触れ合わせた。

「ルガール陛下、此度は私の呼びかけに賛同いただき誠に感謝いたしております。海の安全な航行のためには、アルマーン王国のご協力がなにより重要ですからね」

鷹揚に受け答えするエルドレッドに、ルガールは大袈裟に首を横に振ると、

「いえいえ。私どもなど、全空を制するドラッヘンシュッツ王国の足元にも及びません。このところ、ますますドラッヘンシュッツ王国は全土に影響力を広げておりますから。……今回の協定にここまで多くの国々が参加しようと思ったのは、なんといってもサディアス殿下がダルク自治領を落としたのが大きいでしょうな」

ふいに目を細め、そう言い放った。

その言葉に、ザワリ、とあたりにざわめきが起こる。

今回の協定には実質、最大強国であり主体となったドラッヘンシュッツ王国の強大な武力を恐れ、友好国として名を連ねることで竜の業火から逃れようという各国の思惑が込められているの

は間違いない。

ドラッヘンシュッツ王国という大樹の下に集まり、竜族の庇護を得ようとしている彼らの胸の中に、もしかしたらこれから交わされる約束もエルドレッドたちの胸先三寸でいいように変えられてしまうのではないか、という疑念があるのは仕方がないことだ。

しかし、今この場でわざわざ不穏なことを口にするとは。

ドラッヘンシュッツ王国への疑念を膨れ上がらせるようなルガールの発言に、倖人は唇を噛む。

「……落としたわけではありません。自治権はそのまま存続しますし、我が国が不当にダルクを支配することなどないですよ。あくまで良好な関係に基づいて、ダルク自治領は我が国の庇護下に入っただけです」

ルガールの言葉を、エルドレッドは静かな声で淡々と否定した。

「そうそう、そうでした。サディアス殿下がアイシャ殿をかき口説き、たいそう信頼を得ているとかで、最近、外交でも評判を上げているそうではないですか。エルドレッド殿下も内心、心穏やかではないのではないですか？」

しかしあくまで挑発的な発言を続けるルガールに、エルドレッドはス…ッと表情を消す。

――この男……わざと揺さぶりをかけようとしている。

雲行きが怪しくなって動揺が広がる気配に、倖人は意を決して口を開くと、

「サディアス殿下のところでは、彼の打ち立てた数々の武勲が他国でも正当に評価されるのは、兄王であるエルドレッド殿下の外交手腕があってこそだ――という話を耳にいたしました」

アイシャの言葉を思い出しながら、そう切り出した。

ギョッとした顔のルガールを見て、少なくとも彼もその噂に覚えがあるのだろう、と確信する。

おそらく彼は、ドラッヘンシュッツ王国がさらに力をつけることを心よく思っていない。だからこそ、いさかいの種を蒔《ま》こうとしているのだ。

エルドレッドとサディアスの二人を仲違いさせるような噂を立て、煽り立てることによってできるであろう隙を、生み出すために。

苦々しい気持ちを圧し殺し、倖人はいぶかしげなまなざしを向けてくるルガールに笑みを浮かべると、

「そうやって周りの方々が叱咤激励してくださるおかげで、エルドレッド殿下もサディアス殿下も、互いが互いをよき好敵手として、驕《おご》ることなく高め合い、素晴らしい相乗効果を上げているのだと思います。ルガール陛下が仰りたいこともそういうことですよね。ここにはいらっしゃらないサディアス殿下の功績すら慮《おもんぱか》ってそのようなお言葉をおかけくださるとは、さすが躍進目覚ましいアルマーン王国を治めるルガール陛下。その深慮に感動いたしました」

撒き散らされた悪意に気づかない振りで、あえてそう言ってやる。

「ルガール陛下が仰る通り、サディアス殿下は積極的に他国との友好関係を結ぶことに取り組もうとしているのです。すでにいくつかの国からも訪問の打診を受けたとお聞きしています」

「確かに、うちも今度サディアス殿下をお招きさせていただく予定でおります。ダルク自治領でもとても紳士的で好意的だったと評判だったそうで、うちにもぜひ、と申し出たのですが、快く

受けてくださいました」

倖人の言葉を裏づけるように、実際にサディアスを招いたという国の君主が声を上げる。

それは、ドラッヘンシュッツ王国とダルク自治領はあくまで良好な関係に基づいて友好条約を結んで庇護下に入ったのだという、エルドレッドの言葉を裏づけ、ルガールの匂わせた武力での支配を否定するものでもあった。

「そういった取り組みができるまでに至ったのはサディアス殿下のお力はもちろん、『大陸全土の安定と繁栄』という揺るがぬ大義の下にこれまで行われてきた、エルドレッド殿下の数々の外交や政策で積み上げられた実績が地盤にあってこそというのは、言うまでもないことでしょう」

下世話な噂などに二人の輝かしい功績を曇らせたくない。その一心で倖人は言葉を重ねていく。

「そんなエルドレッド殿下とサディアス殿下お二人のご尽力が今日、このような形で実を結んだのは本当に喜ばしいことです。一人一人でも素晴らしい力をお持ちなのですから、お二人が力を合わせれば今まで以上にすごいことを成し遂げられる。そんなお二人を、私も心より尊敬しています」

熱のこもった倖人の言葉に、さっきまでの疑念に満ちた重い空気は霧散して、再び宴は賑《にぎ》わいを取り戻した。

酒宴も終わり、ドラッヘンシュッツ王国一行に与えられた棟へと戻る途中、ひと気のない回廊でエルドレッドは不意に立ち止まった。

なにかと思って見上げると、

「倖人、疲れてないか？　今日は助かったよ」

そう言って、彼は倖人の顔を覗き込んでくる。

「いえ……自分の身の丈に合わない出過ぎた真似をしてしまって……貴方の邪魔になっていなければいいのですが」

あの時はルガールの慇懃無礼《いんぎんぶれい》な発言に我慢できずつい口を挟んでしまったが、己の言動を振り返ると肝が冷える思いだった。

会議の参加国の君主どころか、もう皇太子ですらない自分が、大きな口を叩いてしまったのだ。

いくらエルドレッドの同伴者とはいえ——いや、だからこそ自分の評判が彼にも影響するというのに。

しゅんと肩をすぼめる倖人に、エルドレッドはクスリと笑うと、

「邪魔なわけないだろう？　ただ、私たちのことを誇らしげに語る君が凜々しくて、愛しすぎて……そのまま押し倒して、無茶苦茶《むちゃくちゃ》に可愛がって私のものだと見せつけたくてうずうずしてしまったけどね」

悪戯っぽい声でとんでもないことを言って、真っ赤になった倖人の頬にくちづける。

「……ッ、なっ、あ、貴方は、そうやっていつも私をからかって…っ」

気配は消しているとはいえ、近くには護衛がいるのに。

慌てて彼から身を離そうとすると、腰を取られ、逆に引き寄せられる。

抗《あらが》おうとしてキッと顔を上げた倖人は、けれど切なげなまなざしで見つめてくるエルドレッドに気づいて、動きを止めた。

「……嘘だよ。本当は泣きそうだった。今まで弟と比較されて皮肉られたことはあっても、あんな風に言ってくれる人などいなかったから……」

彼はそう呟くと、倖人の首筋に顔をうずめ、深い吐息をついた。

「わざと神経を逆撫でするようなことを言ってこちらの失言を引き出そうとしているのは分かっていたから、いつものように独り、じっと耐えるしかないと思っていたんだ。こちらがどう言おうが揚げ足を取られ、威圧されただのと悪意に取られてしまうのがオチだからな」

――今までずっと独りで……そうやって重圧や軋轢《あつれき》と戦ってきたのか。

告げられた彼の苦悩の重さを思うとたまらない気持ちになって、倖人は唇を噛んだ。

「……けど、君があぁ言ってくれて、私が独りなどではないと思い知ったよ。本当にありがとう、倖人……君がいてくれて、本当によかった」

「……エルドレッド殿下……」

いつもは冷徹に鎧《よろ》った心のやわらかな部分をさらけ出し、甘えてくれる。そんな彼に甘苦しく胸が締めつけられて、倖人はそっと彼の背を抱き締めた。

しばらく抱き合ったあと、ふいにエルドレッドはため息をつくと、

「このまま部屋に連れ戻りたいところだが……実は、ここに君の客人が来ているんだ。きっと待ちくたびれているだろうから、そろそろ会わせてあげることにするよ」

名残惜しげに抱擁《ほうよう》を解くと、そう言った。

「私に、客人……？」

この国に知り合いなどいないはずなのに。

いったい誰のことなのか見当もつかなくて首をひねる倖人の手を引き、エルドレッドは客室へと案内する。

そして通された部屋で、長椅子に腰かける束帯《そくたい》姿の少年を見て、倖人は目を丸くした。

「篤人《あつひと》……!?」

耶麻刀国第二皇子にして、今は皇太子となった弟が、なぜここにいるのか。

十三歳になったばかりだが、さすが『始祖種《しそしゅ》』だけあって少し見ない間にまた大きくなった気がする。

「兄上…っ」

篤人は立ち上がってこちらに近づこうとしたが、隣にいるエルドレッドを見て、ビクリと強張り、その場に固まる。

「……私は少し、席を外すよ。久しぶりに兄弟水入らずで話すといい」

篤人の反応にエルドレッドは苦く笑うと、そう言って立ち去っていった。

「いったいどうしたんだ？　訪ねてくるなら、知らせくらいくれればいいのに……まさか、父上か母上になにかあったとか?」

「違うよ。兄上が心配で様子を見に来たんじゃないか。兄上こそ、いきなりあんな文だけ寄越《よこ》して、ずっと帰ってこないから」

突然のことに戸惑いながら倖人が問うと、篤人は拗ねたようにムッと口元を歪める。

「それは…、すまなかったと思ってる。けど文でも状況は説明したし、今度改めて父上や母上、それにお前も招いてくださるって使いの人も言ってただろう?」

「でもさ……兄上がいじめられたり、つらい目に遭《あ》ったりしてないか不安だったんだ。だって、ドラッヘンシュッツ王国の双子王子ってすごい噂ばかり流れてるし……兄上はエルドレッド殿下、怖くないの?」

倖人の扱いがどんなものか見たいからと、先ほどの晩餐会や酒宴の様子も、飛鳥乃たち侍従に用意された控えの間で窺っていたのだと篤人は明かした。

「いじめ…って。お二人とも、そんな子供じみたことをなさるような方じゃないよ。それにエルドレッド殿下のどこが怖いんだ?」

篤人の言い草にムッとして、倖人は言い返す。

「全体的にだけど、特に目、とか……ほら、確かエルドレッド殿下って竜族の中でも魔力が高くて、人の心を見透かす魔眼を持ってるって噂じゃないか。あの目で見られると、なんだか内臓がざわざわして、心臓が握りつぶされそうにぎゅうってなって、眼力だけで射殺されそうな気持ちになるっていうか……」

また噂か、と倖人はため息をついた。

「噂を鵜呑《うの》みにして色眼鏡で見るから、そんな風に思うんだろう。そもそも噂が本当だとしても、誠意をもってぶつかっていけばいいじゃないか。変に疑ったり、穿った目で見るから疚《やま》しい気持ちになるんだ」

「……兄上には、分からないよ」

二人がこんな風にずっと偏見を持たれてきたのかと思うと悔しくて、つい語気が荒くなってしまった倖人に、篤人はじとりとした視線を向けてきた。

「どうしたんだよ、篤人……」

篤人の普通ではない態度に驚いて問いかけてみたものの、返事がない。

「少し、外の空気に当たるか」

篤人が傍に控える飛鳥乃や自分の侍従たちを横目で気にしているのに気づいて、倖人はそう言って誘いかける。するとこくりとうなずいた。

大窓から中庭に続くポーチに出ると、篤人は疲れた顔で手すりにもたれかかり、うつむいて黙り込む。

倖人も声をかけることはせず、夜の少し湿りを帯びた風を感じながら、枝葉の擦れる音を聞いていると、

「ほんとはさ……宮中が息苦しくて、逃げてきたんだ」

ふと、篤人がぽつりと本音を零した。

「逃げて、って……お前が？」

これまで篤人は『始祖種』として、宮中で誉めそやされてきたというのに。

「皇太子って立場に立たされて、初めて兄上のすごさが分かった。僕はこれまで、次男としてただちやほやされてきただけだったんだって」

意外な言葉に目を見開いて聞き返す倖人に、篤人はうなずき、自嘲《じちょう》する。

「兄上ができたんだ、お前は『始祖種』だからできて当たり前だ、ってみんな、態度に、言葉の端々に匂わせてくるんだ。僕なりに頑張ってみても、足りない部分ばかり突きつけられて……しんどくて、たまらなくて……っ」

震える声で弱音を吐き出す篤人に、倖人の胸の奥に仕舞い込んだ傷痕がチリリと疼く。

皇太子は将来、天帝となり国を導く尊い存在。それゆえに、ただの皇族とは桁違いの重圧と責務がのしかかる。

その苦しさは、経験してきた倖人が一番よく知っている。

「――でも、兄上は遠い国に来て、突然『末裔種』だって分かって、皇太子じゃなくなって……なのに、ダルク自治領との交易を取りつけたり、こんな大きな会合に出ても、しっかり自分の意見を言えて……なんて、強いんだろ、って……」

隠れて様子を窺っていたのも、倖人の様子を見たいというのも嘘ではないが、選りすぐりの『始祖種』たちが集まる場で耶麻刀国皇太子として胸を張って出ていく自信がなかった、と告白した。

「僕じゃ、無理だよ……兄上の代わりなんて…っ」

自分も突然『末裔種』と判明してガラリと変わった状況に翻弄されてきたけれど……同じように、気楽な次男の立場から一転、皇太子としての責務を負わされた弟も、突然の変化についていけず、苦悩しているのだと知って、倖人は胸を痛める。

倖人は、うつむいて肩を震わせる弟に近づいて、そっと腕を伸ばす。

「篤人……」

呼びかけて、そしてすがるような目で見上げてきた篤人を見つめると――べしっ、と脳天を叩いた。

「……ッ！　たぁ……な、なにするんだよ、兄上ッ」

「本当に甘ったれだな、お前は。今まで恵まれた素質にあぐらかいて、真剣に物事に向き合ってこなかったツケが今、回ってきただけだろ」

涙目で睨みつけてくる篤人に、倖人は呆れたという態度を隠さず、ため息をついて言ってやる。

痛いところを突かれてグッと押し黙る篤人に、倖人は苦笑すると、

「……とか言って、私も全然そんなんじゃないんだ。皇太子だった時は思うようにならないことばかりで、苦しくて……正直ずっと、お前のことを恵まれてるって羨んで、篤人のほうこそ皇太子になるべきじゃないかって悩んでた」

過去の記憶をたどりながら、ずっと秘めていた胸のうちを明かした。

今となってはもう、懐かしさすら覚える思い出だ。

「でも、自分の理想通りになったとして……たとえば、お前みたいに『始祖種』だったら、すべてうまくいくって思ってたけど、実際、お前は苦しんでる。『始祖種』だからとか、なにもかも持ってるように見える他人と同じようになれたらとか……きっと、そういうことじゃないんだ」

倖人の『始祖竜』リントヴルムへの思慕は、強い力への憧れそのものだった。

けれど彼の偉大なる血を引き、あれほど才能と資質に恵まれ強大な力を持つエルドレッドやサディアスですら、計り知れない苦悩を抱え、ままならない現実と戦っている。

そのことを知った今、篤人の懊悩《おうのう》を『始祖種』なのだから耐えろ、と一蹴することなどとてもできなかった。

「ドラッヘンシュッツ王国に来てからも、全然思い通りでもなければうまくもいってない。『末裔種』として当然のことすらできなくて……だけど、エルドレッド殿下とサディアス殿下がそれでもいいって言ってくれたから、ずっと味方でいてくれるから、踏ん張れるんだ」

「あの、エルドレッド殿下が……？」

目を見開いて仰天《ぎょうてん》する篤人に、どれだけ怖がってるんだと倖人は苦笑しながらうなずいた。

「私は、なにがあってもお前の味方だ。それに父上や母上だって、私がこのドラッヘンシュッツ王国に行くと決めた時、臣下たちから反対されても、認めて後押ししてくださったんだ。竜族のいるドラッヘンシュッツ王国に来るのが夢だって知ってたから、なんとか叶えてやりたい、って。だから、絶対にお前の支えになってくれるよ」

「うん……」

宮中の軋轢の中、両親はずっと味方でいてくれた。きっと父や母自身も様々なことを経験してきたからなのだろう。

「『始祖種』なのに全然完璧じゃなくて、うまくいかなくて泣き言言って……でもそうやってつまずいた分、お前はきっと民の気持ちの分かる、優しい天帝になれる」

「完璧じゃ、なくて……いいの？」

倖人の言葉がよほど意外だったのか、篤人はびっくりした様子で目を丸くする。

「ああ。それがお前だ。決して、私の代わりなんかじゃないよ、篤人」

これだけは、断言できる。

自信を持ってそう言いながら力強くぎゅっと肩を抱き締めると、篤人はようやく笑みを浮かべる。その笑顔を見て、ホッとして倖人も顔をほころばせた。

大分気持ちも落ち着いてきた篤人を見て、そろそろ部屋に戻らないと——そんなことを考えていた時。

カサッと葉擦れの音と共に近くの茂みが揺れるのが見えて、倖人はとっさに篤人の二の腕を引いて後ろに下がらせる。

「やあ。聞き覚えのある声が聞こえてきたから覗いてみたんだが、君だったのか」

茂みを掻き分けて現れた人物を見て、倖人は緊張に鋭く息を詰めた。

「ルガール陛下……」

先ほどのことを思い出すとどうしても警戒してしまって、声が強張ってしまう。

「さっきは楽しかったよ。君みたいに俺に対して物怖じせずに話す子はなかなかいないからな」

「まだ、社交界での経験が浅い若輩者で……お気に障《さわ》ったなら、申し訳ございません」

生意気にも口を挟んできた倖人を、きっと彼は快く思っていないだろう。

とにかくこれ以上機嫌を損ねないようにしなければ、と倖人は頭を下げた。

倖人の堅い態度に、ルガールはやれやれ、というように肩をすくめる。

「楽しかったと言っただろう。……ところで、後ろの子は誰だ？」

後ろに視線を移されて、つい意識が篤人へと向いた瞬間、

「──……ッ!?」

ルガールに手首をつかまれ、倖人はぎょっとする。

「本当に、初心《うぶ》そうな見た目通り世慣れていないみたいだな。あの竜族の双子を籠絡《ろうらく》した寵姫だというから、どんな凄い手管を持った妖艶な姫かと思ったんだが……」

捕食者を思わせるギラついたまなざしに射貫かれ、つ…、と手首の内側から肘にかけて指を這わされ、ぞわりと全身が総毛立つ。

「て、手を離してくださいっ。兄上になんの用ですか…っ」

「──引っ込んでろ、餓鬼《がき》が」

強張った顔で止めに入った篤人だが、ルガールの凄みを帯びた恫喝《どうかつ》に、真っ青になってすくみ上がってしまう。

「……ああ、怖がらせてすまない。アルファ同士だと、どうしても威圧してしまうな。心配しな

くても、俺はオメガの可愛い子には優しい紳士だぞ」

倖人の指が小刻みに震えているのに気づいたのか、ルガールは取り繕うように甘く笑うと手を包むように握り締め、撫でさすってきた。

怯えているなんて思われたくない。

けれど、ただ手を触られているだけなのに、視線を向けられているだけなのに。ルガールにねばついた熱を孕んだ目を向けられているのに気づくと、うなじがぞわぞわするような悪寒と、吐き気が込み上げそうなほどの嫌悪感を覚え、身体の震えを止めることができなかった。

「おいおい、いくらなんでも初心すぎないか？　二人の王子の寵姫として、たっぷりと可愛がられているんだろう。なんでも二人の婚姻印が同時に刻まれたというじゃないか」

ルガールの性的なからかいに、倖人は歯を食いしばって耐える。

挑発に乗ってはいけない。それがルガールの目的に違いないのだから。

「みんな噂してるんだぜ。もしかして、三人目の婚姻印もつくんじゃないか、って……君はどう思う？」

首輪の際に沿って倖人の生え際をなぞり、ルガールが囁いてきた。

――三人目、って……まさか、この男……。

目の前の男に、もし犯されてうなじを噛まれてしまったら。そんな想像が頭をよぎった瞬間、ぶわりと嫌悪感が頂点に達して、首輪の下でうなじがゾワゾワするような嫌な感覚に襲われ、無《ぶ》様《ざま》な姿を見せたくないという思いとは裏腹に、あまりの恐怖に涙が瞳いっぱいにあふれてしまう。

「そんな潤んだ目で見つめて……誘っているのか？」

顔を近づけられて耳元に吹き込まれた言葉に、ゾワッと背が総毛立つ。

倖人がみっともなく叫び出しそうになる直前、

「――なにをしている」

背後から降ってきた声に、ルガールの手が止まった。

「……ああ、ルガール陛下。暗がりで気づきませんでしたよ。どうされたのです？　夜盗でもあるまいに、正面入り口からお越しくだされればよろしいのに」

振り向くと、窓から差し込む明かりを背に、優美な笑みを浮かべたエルドレッドが、ルガールを見下ろしていた。

しかしその双眸は爛々《らんらん》と凶暴な光を宿し、全身から肌を刺すような獰猛な気配を立ち昇らせていた。

篤人が「射殺されそう」と言ったその意味を瞬時に理解し、倖人はその激しさを伴った雄姿に魅入《みい》られたように目を奪われる。

「いや……水中と違って陸だと夜目が利《き》かなくてね。少し散策するつもりが迷い込んでしまったんですよ」

「そうですか。では、明日もありますので早くご自分の部屋に戻って休んだほうがよろしいかと。うちの従者に案内させましょう」

さりげなく倖人を背にかばうようにして、エルドレッドは優雅だが有無を言わさぬ口調でルガールに告げた。

ルガールを見送ったあと、エルドレッドに手を引かれ、部屋へと連れ帰られたものの……いまだ彼はどこかひりつくような剣呑《けんのん》な空気をまとっていた。

「あ、あの…っ。エルドレッド殿下、助け船を出してくださってありがとうございました。ああいったからかいに、まだ慣れてなくて……」

密かに様子を窺っていたらしい篤人の従者が、おかしな雰囲気に気づいてエルドレッドを呼んでくれたらしい。

従者の立場では直接ルガールにもの申すことなどできなかっただろうから、賢明な判断だったと言える。

感謝を告げる倖人を見下ろし、エルドレッドは深いため息をつくと、

「……弟君はアルファだと聞いていたが、あそこまで箱入りだったとはな。まさか倖人を守るどころか逆に守られているとは思わなかったぞ」

憤りの火種がくすぶっている様子で、不満をあらわにした。

「お、弟は皇太子になったばかりで戸惑っているのです。それにまだ十三歳で……私だって守るどころか、ルガール陛下に圧倒されて、身じろぎさえできなくなって……」

さすがにルガールも、お付きたちが傍に控えている状況で不埒《ふらち》な真似をすることはなかっただろう。そう思っていても、どうしても恐怖が拭《ぬぐ》えなかったのだ。

「だから、されるがままに彼のすることを受け入れていたというのか？　……ルガールにも発情したか」

倖人の腕をつかみ、エルドレッドが腹立たしげに言い放つ。

彼の放った言葉の刃が胸に鋭く突き刺さって、走った痛みに一瞬、息ができなくなる。

エルドレッドが腕を引き寄せてこようとするのを感じて、倖人はドンッ、と思いきり彼の胸を突き飛ばした。

「……逃げる気か？」

そのまま身を翻《ひるがえ》して彼から離れようとした倖人の二の腕をとらえ、エルドレッドは低めた声で詰め寄ってきた。

「離してください…ッ！　貴方には分からない！　誰よりも強くて畏れられる、竜族の王子である貴方には……本意でもない相手に迫られるのが、どれほど恐ろしいか……っ」

倖人はまなじりをつり上げてキッとエルドレッドを睨み返し、彼の傲慢さを責める。

「言ってくれなければ、分かるはずがない。……もしかして、私が目撃したよりもひどいことをされたのか？」

倖人の様子を眺めていたエルドレッドの表情から憤りの色が薄れ、不安をにじませた声で尋ねられる。

「ひ、どい……というほどのことは……少し卑猥《ひわい》なことを言われたくらいで……」

改めて問われると、具体的になにかひどいというほどのことをされたわけではないことに気づいて、倖人の怒りがしぼんでいく。

「でも、怖かった？」

「……すみ、ません……どうしてあんなに気持ち悪かったのか……自分でも分からなくて……」

冷静になると、だんだん自分がたいしたこともないことで過剰に反応して騒ぎ立てているように思えてきて、倖人は言葉を途切れさせた。

「謝らなくていい。嫌だったんだろう？　そんなに顔を青ざめさせるくらいに」

「はい……」

あの程度で怯えて心乱されるなど、情けない。

きっと、エルドレッドにも呆れられたに違いない――そう思って身をすくめていると、

「……よかった……」

安堵したような呟きと共にぎゅっと抱き締められ、倖人は目を見開く。

「え……？」

訳が分からず呆然と見上げると、エルドレッドはフ…ッとうれしそうに笑う。

「拒絶反応が出たんだ。オメガは婚姻印を刻まれて、つがいとして認めた相手ができると、その相手以外には絶対発情しないし、劣情を向けられると激しい嫌悪感をもよおすようになる。オメガの生理的な本能だよ」

慈しむように倖人の髪を撫でながら、彼はそう言い切った。

「でも……サディアス殿下に婚姻印をつけられたあとも、私はエルドレッド殿下を……」

だからこそ『末裔種』としての自分に自信が持てずにいるのに。

不安を抱える倖人を、エルドレッドは優しい目で見つめ、

「あの時、私を受け入れてくれたのは……君が私たち二人をつがいとして認めたからなんだろう。その可能性も頭にはあったんだが、確信が持てなかったんだ。……というより、ずっと互いに競い合わされてきたせいで張り合う気持ちが強くて、その事実を認めることができなかった、と言ったほうが正しいかもしれない」

わずかに悔しさをにじませながらも、どこか吹っ切れたようにそう告げた。

「それにもしかしたら、君がまだオメガとして成熟していないのをいいことに、私たちがつけ込むような形で君を自分のものにしてしまったんじゃないかと……私たちこそが君の運命のつがいだというのは思い込みで、刻んだ婚姻印もなんの意味も成さなくて、君が他のアルファにも反応してしまったらどうしようという思いが心の片隅から消えなくて、怖かったんだ……」

自嘲を含んだ声で「すまない」と不安を打ち明けてきた彼に、倖人はかぶりを振った。

自分が『末裔種』として未熟で、曖昧《あいまい》なことが多いせいで悩ませて……だから彼が謝る必要などどこにもないのに。

「わ、私も……この身体はおかしいから、誰にでも反応するんじゃないかって、怖くて……でも、ルガール陛下にそう言われて迫られた時、絶対に嫌だって、思って…ッ」

あの時、うなじがざわつくようなおぞましい感覚を覚え、全身がルガールを拒絶していた。まるで二人に刻まれた婚姻印が、訴えかけるかのように。

「すまない……倖人が嫌がっているのは分かっていたのに。それでも自分の思い込みで君を奪ったんじゃないか……不安が消せなくて、君自身の口からはっきりと気持ちを聞きたかったんだ」

本気で想ってくれているからこそ、倖人の気持ちを考えて不安になっていたのだと知って、胸が痛いほど締めつけられて……倖人はこらえきれず瞳から涙をあふれさせた。

「私にこうして抱き締められるのは、怖くないんだろう？」

確かめるように腰をそっと引き寄せてくるエルドレッドに何度もうなずいて、倖人は彼の背をかき抱く。

「もっと深いところまで……確かめていいか？」

雄の艶を帯びた囁きに、倖人は陶酔《とうすい》感を伴った疼きに背を震わせながら、彼の腕に身を委《ゆだ》ねた。

「ん…っ、ふ、ぅ……」

唇をついばまれながら寝室へと連れ込まれる。

けれどふいにエルドレッドは立ち止まったかと思うと、倖人の身体を反転させ、後ろから抱き寄せてきた。

「見てごらん、倖人……」

意味ありげな囁きと共にあごをつかまれ、顔を上向かされて、恐る恐る視線を前に向けると、目の前に大きな姿見があることに気づく。

「ぁ……」

鏡越しにエルドレッドが悪戯っぽく瞳を輝かせるのが見えて、ドキリと倖人の心臓がはねる。

寝台に腰かけたエルドレッドは腰を引き寄せ、倖人を膝の上に乗せた。

エルドレッドは倖人の上着をはだけると、タイを解き、ドレスシャツの上から胸の先をなぞってくる。

「また大きくなったんじゃないか？　ドレスシャツの上からでも、乳首が膨らんでいるのが分かるぞ」

「くぅっ、んん…っ」

こりこりとした感触を愉《たの》しむようにして幾度も胸の尖りに指を這わされて、倖人はその焦《じ》れったい愛撫に身体をよじらせる。

「サディアスにずいぶん開発されたようだな……前よりもさらに敏感になって、こんなにも色気が増しているなんて」

「……ッ」

悔しさと興奮が入り交じったかすれ声で言う彼に罪悪感が込み上げ、倖人は身体を強張らせる。

けれどエルドレッドは甘く微笑むと、そんな倖人の髪へとなだめるようにくちづけ、

「そういったこともすべて込みで、二人で君を寵姫にすると決めたんだ。むしろ、どんな風に変わったのか見せてほしい。……私も負けないくらい君を愛して、この身体に刻まれた記憶を上書きしてやる」

そう囁いて、紅く染まった耳を食んだ。

「あ、ぁ……」

エルドレッドに熱く乞われ、もう拒むことなどできなくなって……侳人はなすがまま、ドレスシャツの釦を外されて、ゆっくりとワイシャツの前を開かれ、すでに恥ずかしいほど固く膨らんだ胸の尖りをあらわにされていく自分の姿を眺め、羞恥と、隠しきれない期待に胸を喘がせる。

「すごいな。まだ色も薄かった乳首が、こんなに紅く熟れて……サディアスの奴、相当吸いまくったんだろう」

「や…っ、あぁ……」

欲望に上ずった声で言い当てて、エルドレッドはくりくりと侳人の乳首を押し潰すようにしてこねてくる。

ダルク自治領へお供している間、サディアスに繰り返し舐められ、吸いつかれて、熟れた果実のように敏感になった胸の粒が固くしこり、その周囲の乳暈《にゅううん》まで赤みを増してぷくんと膨らんでしまっていた。

それをエルドレッドに見られてしまった背徳感に、侳人はふるりと背を震わせた。

「愛液まで出るようになったのか……ほら、指でいじっているだけなのにうっすら濡れて、滑りがよくなってきた」

「ん…っ。くうぅ……んんッ」

否定しようにも実際、胸の先からは分泌液がにじみ出して、彼の指先までぬめりを帯びていく。乳首をいじる指の動きがなめらかになったせいでいやますばかりの快感に、倖人は喘ぐしかなかった。

「そんなに乳首が気持ちいいのか？　いやらしいな……倖人は」

はしたない反応を突きつけられ、倖人は羞恥から逃れるように首を打ち振るう。

「違わないだろう？　ほら…、もうここも苦しそうなくらい堅くなってるじゃないか」

言いざま、トラウザーズ越しに下腹部で張りつめる陰茎をなぞり上げられ、倖人はひくりと喉を震わせた。

トラウザーズと下着を脱がされ、膝裏を抱え上げられて、恥部を露出させられる。

「や、あぁ……ッ」

反り返り鈴口から雫《しずく》を零す陰茎、そしてその下でひくつきながらすでに蜜をしたたらせる後孔まであらわにされた自分が鏡に映っていた。

浅ましい己の姿をありありと見せつけられ、倖人はたまらず泣き声を上げる。

「そうやって恥じらって泣きながら、そのくせ、ここをこんなにぐちゅぐちゅに濡らすんだな、君は……本当は、恥ずかしいのが気持ちいいんだろう…？」

エルドレッドはつぷりと倖人の後孔に指をもぐり込ませると、指で内壁を掻き混ぜ、淫らな音を立てながら悦《よろこ》びを示して蜜をあふれさせるさまを見せつけてきた。

「……ッ、く……そん、な……あぁ……ッ」

恥辱に喉を震わせしゃくりあげながらも、痺れるような陶酔感と愉悦を感じてしまっている自分を暴かれ、倖人は身悶える。

「ああ……可愛くて、そのくせたまらなく淫らで……だからいじめて、泣かせたくなるんだ、倖人……」

泣きじゃくりながらも快感を訴える倖人の痴態《ちたい》を見つめるエルドレッドの目が獰猛な光を宿し、ごくりと喉を鳴らすのが聞こえたかと思うと、衣擦《きぬず》れの音のあと、熱く猛ったものが双丘に押しつけられる。

「ぁ……エルドレッド、殿下ぁ……」

求めていたものを与えられる悦びと、さらなる快感への期待に、倖人の唇から思わずとろけた声が漏れてしまう。

さらに腰を持ち上げられ、浮いた腰に凶暴なほどそそり勃った昂ぶりがあてがわれる。

「ひぁ…んッ！　あぁ…っ、やっ、待っ……んうぅ……ッ」

内壁を押し拡げ突き上げてくる昂ぶりは、牝穴ではなく前立腺を擦り上げながら後孔の奥へと突き進んでくる。腸壁を抉られる衝撃に、倖人は目を見開いた。

「ああ……狭いな」

剛直を後孔の奥まで収めきって、エルドレッドは感嘆の吐息をつく。

「やぁ……そ、そっちは……んあぁ…っ、くぅ……んんッ！」

身体をよじり抗議しようとするけれど、萎えるどころか昂ぶりを増す陰茎をなぞって低く笑い、きつく腰を揺すり上げてきたエルドレッドに、抗議の声も甘くかすれてしまう。

「気持ちいいだろう？　私が教え込んだんだからな。どうやら、サディアスは後ろの孔は責めなかったようだが……」

腸壁の狭さを味わうようにして、彼は奥深くに昂ぶりを収めたまま腰を突き上げてきた。

「あぅ…んッ！　くうぅ……ん、ぁ…っ」

ガクガクと揺さぶられ、奥を刺激され続けて、後ろを責められる快感に、倖人はこらえきれず、陰茎からしとどに蜜を零しながら嬌声を上げた。

「後ろも、こんなにも感じやすくて貪欲なのに……こうやって擦ってもらいたくて、奥が疼いたんじゃないのか？」

息を荒らげながら、エルドレッドはいったん昂ぶりを後孔のふちギリギリまで引き抜くと、大きく突き入れてきた。

「んんぅ…ッ！　やぁ……そんな、こと……ひぃ、ん…ッ」

こんな行為は普通ではないと、倖人は必死に首を横に振るけれど、そのたびに奥を突かれ、陰茎を擦り上げられて、否定の声も甘くとろけていき……言葉とは裏腹に、後孔の奥に与えられる強い刺激に打ち震え、絶頂を迎えてしまう。

強烈な悦楽に陶然となっていると、

「そういえば……倖人はここを穿たれるのも好きなんだったな」

ぽたぽたと蜜を零す鈴口を指でくちくちとくじるようにしていじりながらそう言うエルドレッドに、倖人は背を強張らせる。

なぜ知っているのか、と恐る恐る振り向いてエルドレッドを見上げると、

「前に抱いた時、やけに尿道口が敏感になっていたからな……少し問いつめたら、弟に舌で奥まで拡げられて感じてしまったと泣きながら告白してきただろう？　朦朧《もうろう》としていたから、覚えていないかもしれないが」

そう言って彼は妖艶に笑う。

――私は、なんてことを……っ。

恥ずかしい秘密を自ら打ち明けていた事実を知って、全身が燃えつきそうになるほどの恥辱に見舞われ、倖人は涙ぐんだ。

すると彼は傍にあるチェストから、先が細くなった雫形の粒がいくつも連なってできた奇妙な形状の細い棒を取り出し、見せてきた。

「耶麻刀国の従者に頼んで作らせたんだ。私は、サディアスほど舌先が細くないからな」

その言葉から、この器具の用途を悟り、倖人はひくりと喉を震わせる。

「や…、あぁ……っ」

器具の先端を鈴口に近づけられておののき、倖人はかぶりを振る。

「怖がらなくていい。君の身体に傷をつけるような真似をするわけがないだろう？　弾力があっ

てよくしなる素材で作らせてある。ほら……」

鈴口に棒を押し当てると、想像したような硬さはなく、孔のふちに沿うように馴染《なじ》んでいく。

「痛みなく、快楽だけを与えられるようにと、よく言っておいたからな。これがここに入っていったらどうなるか……味わってみたいだろう？」

「だ、駄目……や、いやぁ……っ」

思わず想像して淫らな期待を抱いてしまった自分が怖くて、倖人は涙目で拒もうとする。

「……本当に？」

エルドレッドのその深い碧色の目と、鏡越しに目が合う。見る者をとらえて離さない、獰猛な雄の艶のにじむ禍々しいほどに美しい瞳。

「あ、ぁ……」

彼の瞳に射貫かれて、倖人の心臓がドクン、と大きく跳ね、瞳が潤んでいく。

「――嘘つき」

フ…ッと目を細めて艶やかに笑むと、エルドレッドは甘い声で責め、器具を鈴口へと突き入れていった。

「ひぃ…ッ、んあぁ……っ、くぅ……んん!!」

その瞬間、目の裏が紅く染まり、倖人は身体をビクビクと痙攣させて絶頂に達してしまう。

「ッ…、潮まで吹いて……どれだけ淫らなんだ……」

勢いよく噴き出した愛液が昂ぶりに浴びせられる感覚に興奮した様子で、エルドレッドはぶる

りと肩を震わせる。

「ごめ、なさ……あぁ……ごめん、なさぃ……ッ」

腸壁を侵され、尿道まで穿たれて――こんなにも感じてしまうなど、異常なことだと思うのに。

身体の奥を貫く強烈な愉悦にあふれ出す愛液を止めることができず、倖人はたまらず泣きじゃくる。

「謝るのは、許してほしいからだろう？　私の前ではどれだけ乱れてもいいんだ……淫らな君も、すべて受け止める。だから、もっと見せてくれ。いやらしくて可愛い君の姿を……」

「……ッ」

噂通り、胸のうちをなにもかも見透かされているような。感じている不安も、欲している言葉も言い当てられ、倖人は涙でぼやける視界を凝らし、暗がりでも輝きを放つ彼の神秘的な瞳を見やる。

「怖いか……？」

苦いものを含んだ声で問われ、倖人はふるふると首を横に振った。

「いい…え……秘め事を、暴かれるのは…、ぁ……恥ずかしい、けど……貴方は、許して受け入れて……くれる、から…っ」

昂ぶる感情に息を弾ませながらも、倖人はエルドレッドの双眸を見つめ、言い募る。

倖人を見つめ返してエルドレッドはほう…っ、と深い吐息を漏らすと、

「君だけだ……私の目を畏れずに、まっすぐ見つめてくれるのは……倖人」

首輪にくちづけ、魔力を送り込む。するとひとりでに留め金が外れた首輪を取り去って、彼は倖人のうなじへと顔をうずめた。

「ああ、この匂い……嗅《か》いでいるだけで、たまらなく興奮する……」

味わうようにうなじを舐め上げながら、エルドレッドが唸る。

「ッ…、エルドレッド、殿下ぁ……っ」

荒い息と共に肌を這う舌の感触に甘えた声を漏らす。

「倖人…ッ」

すると彼は倖人の腰を持ち上げ、後孔から昂ぶりを引き抜いたかと思うと――勢いよく牝孔へと突き入れていった。

「んあぁ……ッ!」

彼の熱を待ち焦がれて張りつめていた場所へ、やっと求めていたものを与えられて、倖人は嬌声を上げる。

入り口でもある前立腺を擦られ続けて、焦らされた分ますます鋭敏になっている膣壁を昂ぶりで思い切り擦り上げられて、倖人は身体をビクビクと跳ね上がらせ、快感を訴えた。

「倖人……倖人……っ」

名を繰り返し呼びながら、エルドレッドが倖人のうなじへと噛みついた。

「うぁ…んんっ、あぁ――…ッ!!」

内壁を限界まで押し拡げられ、擦り上げられながら、牙を穿たれて……気が遠くなるほどの悦楽に、倖人は絶頂を極めた。

腰をきつく突き上げて、低い唸りと共にエルドレッドが吐精する。

「あぁ……熱、ぃ……」

彼の精を奥深くに注ぎ込まれる感覚に、倖人もまた陰茎からとろとろと白濁を零しながら、長く尾を引く愉悦に溺れていった――

8

――また、婚姻印は安定しなかったな……。

夜が明けて、政務のために部屋を出たエルドレッドを見送ったあと、倖人も湯浴《ゆあ》みを済ませて飛鳥乃たちと応接間でくつろいでいた。

鏡で見た自分のうなじを思い出して、倖人はため息をつく。

感情の昂ぶりも性感も確かに強くなっていくのに、やはり発情は長く続かなかった。

それでも少しずつ『末裔種』として成熟はしているようで、まだムラはあるが、確かに噛み痕の一部分が濃くなっていた。

エルドレッドも「サディアスの噛み痕の近くだけ薄くなっているのが癪《しゃく》だが」と苦笑しつつも、倖人の成熟を喜び、部屋を出るまで名残を惜しむようにして、うなじに、頬に、そして唇に、何度もくちづけて「愛している」と囁いてくれた。

エルドレッドの情愛をうれしく思いつつも、同時にサディアスのことを思って胸が痛くなる自分がいて……倖人の心は不安定に揺れていた。

「――それにしても驚きましたね。まさか篤人様がいらっしゃるなんて思いもしませんでしたよ。ねえ、倖人様」

「うん……」

話しかけてくる飛鳥乃に、倖人はぼんやりとうなずく。

「……倖人様？」

生返事に気づき、飛鳥乃は怪訝そうに倖人の顔を覗き込んできた。

「あ…っ、すまない」

「もしかして熱でもあるんじゃないですか？　心なしか、顔が紅いような……大丈夫ですか？」

そう言われれば熱っぽい気もするが、疲れから来るものだろう。

下手に疲れたとか言うと、夜の行為のことを想像されそうで、「大丈夫だ」とだけ返事して、倖人は苦笑いする。

「そうだ。せっかく篤人がいるんだから、昼食でも一緒に食べないか聞いてみてくれないか」

倖人の提案に、飛鳥乃は「分かりました」と立ち上がり、部屋を出ていった。

話を逸らしたいだけで言ったのではなく、篤人には謝らなければと思っていた。

エルドレッドに「実は……倖人を国に連れて帰りたい、と言われて、つい威圧するような態度を取ってしまった」とバツの悪そうな顔で打ち明けられたのだ。

エルドレッドを責めるつもりはない。だが怒気を孕んだ彼を前にした篤人は、さぞや恐ろしかっただろう。

エルドレッドのことを怖いと言われ、つい事情を知らずに突き放すようなことを言ってしまったことを、倖人は後悔していた。

優れた能力を持つ『始祖種』に憧れていたけれど、強い力を持つだけに、『始祖種』同士ぶつかり合えば普通の者とは比較にならない苛烈《かれつ》な競争を強いられることになるのだろう。

エルドレッドとサディアスのように互角の力を持っていても大きな精神的な負担となるのに、『始祖種』といっても特に突出した能力があるわけではない人族の篤人にとって、異種の力を持つ優れた『始祖種』たちと張り合うのは容易ではないだろうことは想像に難《かた》くなかった。

飛鳥乃の帰りを待っていると、外がやけに騒がしくなってきたことに気づき、倖人は扉を開けて様子を窺ってみる。

すると、エルドレッドの従者が慌てた様子でやってきたのを見て、倖人は急いで駆け寄った。

「どうなさったのですか…っ？」

「倖人様、敵襲です……！　この城付近一帯が何者かに攻撃を受けているとの報が届きました」

騒ぐ胸を抑え尋ねた倖人に、従者は顔を険しくしてそう告げてきた。

「敵襲…!?　各国の要人が集まっているこの城を、今……？」

確かに要人を狙う者は多いだろうが、ドラッヘンシュッツ王国をはじめ大国の君主が多く、敵に回すにはあまりに危険が高い。

「この城自体は堅牢な造りの上に、この城の護衛兵だけではなく、それぞれの国から来た精鋭兵たちに警護されていますから、まず陥落することはありません。ですが……その分、防衛が手薄になった城下町や周辺の村が襲撃を受けているそうなのです」

「そんな…っ、町に増援を送ることはできないのですか…!?」

すがるような思いで問う倖人に、従者は沈痛な面持ちでうつむいた。

「……今は、エルドレッド殿下たちをはじめ、各国の君主が集まって対策を話し合っております。とにかくこの城にいれば安全ですので、倖人様はお部屋で待機なさって――」

「私もそこに連れていってください！　決して邪魔したりしないとお約束しますから……っ」

なだめる従者の言葉をさえぎって、倖人は懇願した。

協定成立のために助力してくれたアレフ共和国の民が大変な目に遭っているというのに、なにもせずじっとしていることなどできない。

従者は困惑した表情を浮かべていたが、強い意思を秘めた倖人の目を見て、このまま無理に押し止めても大人しくしてはくれないだろうと悟ったのか、渋々ながらエルドレッドたちのいる会議室へと案内してくれた。

会議室にはずらりと君主たちとその側近らが揃い、しかつめらしい表情で向かい合っていた。張りつめた重い空気に、一瞬、割り込むことにためらいを覚えつつも、意を決して倖人は部屋へと足を踏み入れる。

「――被害状況は以上となります」

偵察隊の報告に、居並ぶ君主たちの顔が絶望の色に深まった。

ひっそりと紛れ込んだ倖人に気づいた者が何人かちらりと横目を向けながらも、それどころではないとばかりにすぐに視線を戻す。

エルドレッドが手を振って偵察隊の兵士を下がらせると、

「敵は想定よりも大規模で、思ったよりも事態は深刻です。このまま我々が手をこまねいている間に被害が広がり続けていけば、『権力をひけらかす君主どもが、いざとなれば揃いも揃って保身に走り民を見捨てた』との誹《そし》りは避けられないでしょう」

重々しい口調でそう告げた。

それは皆、思っていたことなのだろう。

場が、シン……と静まり返り、君主たちは渋面を作り苦悩の色を深くした。

「――それで、エルドレッド殿下は我々にどうせよと仰るのです。町の被害は痛ましいと思いますが、だからといって今、この城の守りを緩めるなど言語道断。とにかく相手が疲弊《ひへい》して隙を見せるまで、今は城の防御に徹するしか策はない。違いますか」

押し黙ることしかできずにいる君主たちの中、ルガールが口火を切った。

他の君主たちも、表立って発言こそしないものの、ルガールの発言にうなずいたり、咎めるようなまなざしをエルドレッドへと向けたりと、ほぼ同じように考えていることが伝わってきて、倖人は唇を噛んだ。

一国を担う君主が命を落とせば、たちまち国に混乱を招くことになる。

会議の舞台となったこのアレフ共和国にしても、暴漢の侵入を許した上に、他国の君主を守ることもできずむざむざ殺されでもすれば大きな責任問題に発展し、いずれ大きな火種になってしまうだろう。

だからルガールの意見はもっともだと、頭では理解している。けれど……エルドレッドの言うことも痛いほど分かる。

いったい、どうすればいいのか。

「分かっています」

袋小路のように出口のない思考に陥って愕然と立ち尽くしていると、エルドレッドの重々しい声が響いて、倖人はうつむけていた顔を上げる。

「だから城の防衛はそのままに、城下町や村の防衛には、それ以外の戦力を充《あ》てるしかありません」

そう告げたエルドレッドの表情を見た瞬間、倖人の心臓がドクン、と激しく脈打つ。

――まさか……。

「そんな戦力がどこに……」

怪訝そうに問うルガールをさえぎり、エルドレッドが勢いよく立ち上がる。そして、

「――私が、出撃します」

朗々とした声で、彼はそう言い放った。

「……ッ！」

やはり。

エルドレッドの宣言に、衝撃のあまりふらつきそうになって、倖人は慌てて足を踏ん張ってこらえる。

「エルドレッド殿下が……!?」

「確かに、竜族の王子ともなれば一騎当千《いっきとうせん》の戦力となるでしょうが……しかし、いくら竜族の王

子とはいえ、エルドレッド殿下に前線での戦闘のご経験がおありなのか……？」

驚愕や疑念に騒然となる君主たちだが、誰もエルドレッドを止めようとはしない。

「危険です！　もしかしたらそれが暴漢どもの狙いかもしれませんぞ！」

そんな中、エルドレッドの従者たちは思い止まらせようと必死に言い募る。けれど、

「それでも――この大陸一帯の治安を守るものとして君臨している我が国が、この事態を黙って見過ごすことなどできない。ここに集う国の皆も、我が国が外敵から守護すると約束したからこそ協定に応じてくれたのだ。私が我が身可愛さに立てこもったまま民を見殺しにすれば、積み上げてきた信頼はあっという間に消え、評判は地に堕ちるだろう。そんなことは決して許されない。ドラッヘンシュッツの代表として、ここにいる私が、我が王国の絶対的な力を示さなければならないのだ」

強い決意を宿したエルドレッドに、従者たちは言葉を失う。

「でしたら、せめて我々も共に……！」

「いや。お前たちは私の代わりに倖人の傍にいて守ってくれ」

出撃を志願する側近たちに、エルドレッドはそう命じると会議室を出た。

「エルドレッド殿下…ッ！」

去っていく背中にこらえきれなくなって、倖人は彼を追いかけて呼び止める。

泣いてはいけない。

そう戒《いまし》めていたのに、振り向いたエルドレッドの顔を見た瞬間、抑えることができず、瞳から

ぼろぼろと大粒の涙があふれ出す。

「倖人なら……分かってくれるな？」

切なげな表情で、それでも強い意志を込めて言うエルドレッドに、倖人は息を呑んだ。

本当は、王子としての崇高《すうこう》な使命などより、エルドレッドの無事を望み、泣き叫びたかった。

けれど――

倖人は袖でぐいっと涙を拭うと、唇をグッと引き結び、大きくうなずいた。

もしも倖人に力があって、同じ状況に陥ったとしたらきっと、彼と同じ決断をするから。

エルドレッドはふわりと微笑んで、倖人の涙ににじむ目元にそっと触れるだけのくちづけを落とす。

そのまま中庭へと出て、目映いばかりの光を放ち――見事な白金の鱗を持つ竜と化した。

「……あ、ぁ……」

大きな翼を広げ飛び立っていくその姿はあまりに神々しく、初めて見たエルドレッドの竜体に、一瞬、状況も忘れて見惚れてしまう。

やがて森の彼方に消え、彼が見えなくなっても、倖人は飛び立った方角を見つめ立ち尽くす。

「倖人様……」

声をかけられて振り向くと、エルドレッドの従者たちも暗い表情で佇んでいた。

外にいるのは危ないとうながされ、従者たちと共に城の中へと入る。

ドラッヘンシュッツ王国に与えられた棟の応接間で飛鳥乃や従者たちと、ただ待機するしかな

い状況で不安を押し殺していると、

「せめて、サディアス殿下がいらっしゃれば……」

重い空気に耐えかねたように、従者の一人がぽつりと漏らした。

――――サディアス殿下……！

その名前に、倖人はドクン、と胸を高鳴らせる。

「エルドレッド殿下はその存在自体が絶対防壁と呼ばれるほどに守護の能力に優れていらっしゃるのですが……その代わり、サディアス殿下のような圧倒的な破壊力を持った攻撃力はないのです。敵の苛烈な攻撃から防衛はできても、防御に力を使う分、暴漢たちを駆逐《くちく》するのは……」

「サディアス殿下の応援は望めないのですか…っ？」

軍神と誉れ高いサディアスならばきっと、この状況を覆《くつがえ》してくれる。

懸念を口にする従者たちに、倖人はすがる思いで問う。だが、

「すでにもっとも速い翼竜を飛ばし、サディアス殿下へ救援要請を送っております。しかし……王妃の里であるロラン公国からこちらまでは、残念ながらどう早く見積もっても丸一日以上かかってしまうでしょう」

「……………ッ」

可能性を否定され、再び絶望が重くのしかかってきて、倖人は叫びそうになるのを必死で歯を食いしばってこらえることしかできなかった。

「いくら雑兵が束になろうが遅れを取るエルドレッド殿下ではありませんが、暴漢を排除できな

いままじりじりと魔力を消耗し続ける持久戦になれば、力がいつまで保つか……」

危機的な状況を告げる従者に、倖人も胸が苦しくなって、膝の上に置いた拳をぎゅっと固く握り締める。

――このまま、ずっとここで手をこまねいていて本当にいいのだろうか……。

焦りと緊張が渦巻く中、それでも打開案も見いだせず時間だけが無情に過ぎていく。

そんな時、不意に慌ただしく扉が開く音が鳴り響き、倖人は驚いて顔を上げる。

「……ルガール陛下？」

入り口に立っている人物を見て、倖人は眉をひそめた。

「失礼ですが、ルガール陛下、いったいなんの御用ですか？」

倖人に近づこうとするルガールの前に、エルドレッドの側近たちが立ちはだかる。

「そう邪険にするもんじゃない。まあ歓迎はされないとは思っていたが……そう悠長なことも言ってられなくなったのでね」

ルガールは苦笑いを浮かべてそう言ったあと、不意に真剣な表情になると、

「悪い知らせだ。部下に戦況を偵察させていたんだが、どうやら敵はエルドレッド殿下が出陣することを予測していたようだ。……敵は対竜族用の大砲を準備していたらしい。しかも鳥人族による絨毯《じゅうたん》爆撃まで行っているという報告まで入ってきた」

重々しい口調でそう切り出してきた。

「そんな……ッ」

ルガールの報告に、倖人たちは愕然とする。

「これはやはりエルドレッド殿下を狙っていたとしか…っ」

「罠《わな》だったということなのか……!?」

沸き起こる悲痛な声に、これまで抱えていた不吉な予感が一気に現実味を帯び、皆、顔を青ざめさせた。

――このままでは駄目だ……!

倖人はなんとか気持ちを奮《ふる》い立たせると、エルドレッドの側近へと向き直り、

「――竜兵の皆さん、エルドレッド殿下の救援に行ってください。お願いします」

凛と顔を引き締めてそう告げた。

「いやしかし、倖人様をお守りせよとのエルドレッド殿下の命が……」

「主あってこその使命でしょう。私も寵姫として、殿下の危機に自分だけ守られて安穏《あんのん》としていることなどできません」

戸惑う側近たちに、倖人はぴしゃりと言い渡す。

「……それは……」

「――こうしている間にも、刻一刻と戦況は悪くなっているのですよ……!」

ためらいを見せる側近を、倖人は叱咤する。

「……っ、分かりました。倖人様、ありがとうございます」

側近たちはハッとした表情になり、吹っ切れた様子で応えると、気合いを入れるようにして

「出撃するぞ！」と号令をかけた。

「いいえ、感謝するのはこちらのほうです。どうか、どうかお願いいたします…っ」

思いを託し懇願する倖人に、彼らは敬礼したあと部屋を出ていった。

竜化して飛び立っていく側近たちを祈るような気持ちで窓から見送っていると、ふいにふらついてしまい、飛鳥乃に支えられる。

「倖人様、大丈夫ですか……？」

心配そうに問う飛鳥乃に礼を言って、倖人はなんとか体勢を立て直したが、ふいにルガールに顔を覗き込まれ、思わず倖人は固まった。

「疲れが出たんだろう。俺のところに来るといい。護衛がいなくなった今、いざという時ここも安全というわけではないからな」

「せっかくのお申し出ですが、ご遠慮いたします。私はここで皆と、エルドレッド殿下のお帰りを待ちたいのです」

申し出を即座に断る倖人に、ルガールは苦笑したあと、「ふむ……」と低く呟く。

「それはさぞ残念がるだろうね……弟君が」

「……篤人が？」

意味ありげなルガールの台詞に、倖人は眉をひそめた。

「篤人……私の弟をどうしたのですか」

「人聞きが悪いな。我々のところで保護しているだけだ。だがたいそう不安がっているから、兄である君の顔を見せれば落ち着くと思ったまでだよ」

――篤人が、この男のところに……？

昨日の一件でいい印象を持っているはずもないルガールに、篤人が自発的についていくわけがない。

「さっきも言ったが、兵士は城の外での応戦に回り、中の警護は各国の護衛が受け持っている状況で、ここはあまり安全とは言えない。君も俺のところに来たほうがいい。こんな非常事態だ。兄弟一緒のほうが少しは心強いというものだろう？」

「……ですが……」

ドラッヘンシュェッツ王国に属する身である倖人たちに、この男も下手なことはできないはずだ。だが、なにか油断ならないものを感じて、どうしても警戒してしまう。

やはり、距離を置くべきだ。そう考えて再び断ろうとした時、

「そこにいる従者たちも連れてきて構わないぞ。竜兵までが出撃した今、敵側にもこの城の兵力が削がれたことはいやでも知られてしまう。その時、真っ先に狙われるのは……どこだろうな」

ルガールにそう切り出され、倖人はハッとする。

確かにもしも今、城壁を打ち破られて内部まで襲撃されるとしたら……手薄になったこのドラッヘンシュェッツ王国の関係者がいる棟が襲われる可能性がもっとも高い。

しかも、双子王子の寵姫と知られている倖人が一番に標的になるだろう。そんなことになれば、戦場で奮闘しているエルドレッドの足枷になってしまう。

「竜兵を戦場に送る決断をした君には、残された皆を少しでも安全なところに導く義務があると思うのだが」

「――……ッ」

さらに飛鳥乃やエルドレッドの従者たちの身の安全まで持ち出され、倖人の心に迷いが生じる。

その隙をルガールが見逃すはずもなく、彼は素早く倖人の腕をつかむと、

「俺のところなら精鋭兵も揃っているし、いざという時に備えて避難用の経路も掌握済みだ。……さあ」

そう言って強引に腕を引いてきた。

「お待ちくださいっ。そんな乱暴な……！」

飛鳥乃が慌てて止めようとするが、ルガールは力を緩める気配もなく、強引に引きずっていかれてしまう。だがその時、

「――その手を離せ、ルガール」

威厳ある低い声が耳に飛び込んできて、皆が一斉に振り向く。

「倖人殿は、我の息子の寵姫だ。貴殿に心配される謂《いわ》れなどない。我と、そして息子たちが責任を持って守り抜く」

開け放たれた扉の向こうで仁王立ちするライムントの姿を見て、倖人は驚愕に目を見開いた。

「ライムント陛下……どうして貴方が……」

信じられない、といった様子で問うルガールに、ライムントは不遜に片眉を上げると、

「まるで我らがいないことを見越して行動していたかのような言い様だな。ルガールよ。……ドラッヘンシュッツ王国の栄光を妬み、こそこそとなにやら企《たくら》んでいる輩がいるらしいという噂を聞いて、罠を張ったのだ。重要な会議を前にして我らがしばらく遠くへ行くとなれば、なんらかの動きがあると思ってな。我はロラン公国へは行かず、気づかれぬようひそんでいた。——もちろん、サディアスもだ」

鋭いまなざしで言い放つ。

その言葉に、倖人がハッとして窓の外を見ると——竜兵を率いて戦場へと羽ばたいていく、一際大きな黒銀の竜の姿がそこにあった。

「サディアス殿下……!!」

——サディアス殿下が、来てくれた……。

圧倒的な存在感を放ち、大きな翼を広げて蒼天を駆ける黒銀の竜。待ち望んでいたその偉容《いよう》に、倖人は押し寄せる絶対的な信頼と慕わしさに瞳を潤ませ、歓喜の声を上げた。

「ルガール。お主はなにやら兵を慌ただしく動かしているようだが……敵前から逃亡したいのならば好きにするがいい。お主たちは張り巡らされた敵の包囲網から逃げ切れる自信があるのだろう？　城の防御に守られているとはいえ、戦禍の真っ只中にあるというのに、何度も偵察を送ることができるほど余裕があるらしいからな」

ライムントの指摘に、ルガールは見て取れるほどにうろたえた表情になる。

「い、いいえ、ライムント陛下、それは…っ」

「弁明など無用。サディアスにも敵の指揮官は生け捕りにせよと伝えておる。いずれ真相は明らかとなるであろう」

「――――……ッ」

取り付く島もなく言い渡すライムントに、ルガールは口をつぐんだ。

ルガールに命じ、ライムントは篤人を無事呼び寄せると、倖人に向き直る。

「倖人殿……巻き込んだ上に、囮《おとり》のような真似をさせてしまってすまなかった」

「いいえ、そんな！　私などよりもエルドレッド殿下のほうがずっと、身を危険にさらしていらっしゃるのに……」

顔を曇らせて詫びるライムントに、倖人は恐縮して首を横に振った。

「そうでなければ息子たちがとても承知しなかったであろうよ。サディアスなど、ここに向かう途中、エルドレッドの加勢の前にまず、一目でいいからそなたの無事を確認したいなどと駄々をこねおって。我が責任を持って守ると言うてもなかなか納得せずに説き伏せるのに骨が折れたぞ」

――サディアス殿下……。

サディアスの情愛の深さに感じ入り、胸の奥がジンと熱くなって、倖人は震える吐息をついた。

「あの…っ、陛下は前線にお出になられるのですか？」

「そうしたいところだが、そなたを守ると約束したのだ。傍を離れるわけにはいくまい。ルガールもいることだしな。……心配せずとも、二人がいれば問題ないだろうよ」

ライムントの答えに、倖人はキュッと唇を引き結ぶ。

「もし可能でしたら、私を前線の近くまで連れていってくれませんか？　サディアス殿下に、私の無事をお伝えしたいのです。それに……私も、エルドレッド殿下がご無事なのか、心配で…っ」

二人に会いたい。

押し寄せる想いをこらえきれず、倖人は切々と訴える。だが、

「感心せんな。いくら状況がこちらに有利とはいえ、戦になんの役にも立たぬそなたが感情的になって戦の渦中に飛び込むような真似をするなど、あまりに浅はかだとは思わぬか」

ライムントは厳しい表情で倖人を咎めた。

「……すみません。でも…っ」

その叱責は至極《しごく》もっともで、自分自身、ただの我儘《わがまま》だと分かっている。

けれど……二人の姿を求めて疼く心を、どうしても抑えることができないのだ。

立場をわきまえて自制することを教え込まれてきた身であるのに、己の感情を制御することができない。

双頭の竜リントヴルムに憧れて宮中の反対を押し切ってドラッヘンシュッツ王国へと旅立ったことから始まって、エルドレッドとサディアス、彼ら二人に出会ってから——倖人の中で今まで自分を縛っていたものが壊され、代わりになにかが新しく芽吹いていって……恐ろしいほどの速度でどんどん変わっていく自分を感じていた。

自分の中に渦巻く激情に、拳を握り締めて耐える倖人の様子を、ライムントはしばらく無言で見つめていたかと思うと、突然、クッ、と笑みを零し、

「しかしここにいても敵と通ずる者が傍にいる可能性が高いというのなら、危険なことに変わりない、か。……よかろう。将来王妃となる者として、二人の勇姿をしかと目に焼きつけるがいい」

どこか吹っ切れたようにそう告げてきた。

――王妃……って、言ってくれた……？　私を……？

これまで否定的な立場を取っていたライムントの口から出た単語だとはにわかに信じがたくて、呆然とライムントを見上げると、彼はどこか気まずげにしながらも慈しみのにじむまなざしで見つめ返してきた。

「ありがとうございます…っ。ライムント陛下……！」

見下ろしてくる優しい瞳に、ライムントが自分を受け入れてくれたのだと知って、倖人は感激に熱くなる胸をぎゅっと押さえ、感謝を伝えた。

「そうと決まれば、出発するぞ」

引き連れた竜兵に号令をかけると、竜化したライムントを先頭に、倖人を乗せた翼竜を竜兵たちが囲むようにして飛び立つ。

高い城壁を越えた直後、ライムントが火炎を一吐きすると、焼かれた森から悲鳴が上がり、敵兵たちが散り散りに逃げていった。

『ふん。やはりすでにこちらにはたいした数は残っておらんようだな』

『こちらはあくまで陽動でしかなかったようですからね。サディアス殿下の出撃で、町にいる主力部隊の応援に向かうよう指示が出たのでしょう。傭兵もどきのならず者も多いようなので、騒ぎに紛れて逃走した者も多いかもしれませんが』

ライムントと竜兵のやり取りを聞きながら、エルドレッドとサディアス、そして町の人々は大丈夫なのかと、倖人の不安が掻き立てられる。

大地を震わす争乱の音がどんどん大きくなってきて、心配に張り裂けそうな胸を抱え、倖人は逸《はや》る気持ちを必死に抑えながら翼竜の背にしがみつく。

やがて森を抜け、開けた視界の先に――町に襲い来る敵に対峙する、二体の巨竜の姿があった。

「――……ッ！」

禍々しくも雄々しい強烈な威圧感をもって戦場に君臨する、黒銀の竜。

その大きな口から吐き出される業火は、放たれる弓矢や砲弾ごと戦車や砲台をも焼き払い、鋼よりも固い鱗に包まれた腕が振り下ろされれば敵が陣取った大地をも裂き、翼がはためくだけでも兵士を吹き飛ばす。

絶大な破壊力をもった攻撃で敵を薙《な》ぎ払うその勇姿に、倖人は息を呑んだ。

「黒銀の竜、軍神サディアス殿下が来てくださったぞ……!!」

その圧倒的な力で絶対的な英雄として戦況を支配する、軍神サディアスの存在がここに在る。

それだけですでに前線で戦う味方に勝利を確信させ、これ以上なく鼓舞し、勇気づけ――それとは真逆に、敵陣には絶望と恐怖を与え、戦意を喪失させていた。

『サディアス殿下が姿を現した瞬間、敵の足並みが見るも無惨《むざん》なほどに崩れましたよ。黒銀の竜が戦場に降り立った時点で、その戦場の勝敗は決まったも同然ですからね』

先にサディアスと共に前線に赴いていた竜兵からの報告に、ライムントは満足げにうなずく。

そして黒龍の傍らには、強大な魔力を駆使《くし》し、大きな町全体に青白く輝く防御壁を展開するエルドレッドの姿があった。

「負傷した者は、エルドレッド殿下の加護で守られている町へ！　被害を最小限にせよとのお達しだ！」

防御に専念することができるようになったエルドレッドもまた、その守護の力をいかんなく発揮し、味方に絶大な安心感を与えていた。

『この国の兵士も、よく戦ってくれました。エルドレッド殿下が御身を挺《てい》し、彼らの町にいる家族の安全を保証してくれているおかげでしょう』

サディアスが思う存分暴れられるのも、町と味方を庇護しているエルドレッドの存在あってこそだというのも、見ていて伝わってきた。

片や外敵に立ち向かい、片や町を防衛するべく身体を張る。互いに互いを補い合いひとつとなって、この地を守るという大義に全身全霊を尽くす一対の竜。

――――二人の攻防が渾然《こんぜん》一体となって……まるで、本当に『始祖竜』リントヴルム様みたいだ……。

まるで伝説の双頭の竜さながらの尊く神々しいその姿に、胸に慕わしさと誇らしさと愛しさと……幾重もの感情が奔流《ほんりゅう》のように押し寄せてきて、あまりの感情の昂ぶりに、倖人は涙をあふ

れさせる。

「うわぁ……ッ!?　さらに巨竜の援軍が来たぞ……っ!!」

やってきたライムントに気づいた敵軍の兵士が絶望の声を上げる。

『武器を捨て、降伏せよ！　そうすれば、ドラッヘンシュッツ王国が王子、エルドレッドの名に賭けて、命は奪わぬと約束しよう』

『――それでもあくまでも抵抗する、というのならば……この黒銀の竜、サディアスが、全身全霊をもって相手しよう』

畳みかけるように、エルドレッドとサディアスの声が響き渡る。

すでに戦意を喪失していた敵兵たちは、それを契機として次々に武器を捨て、投降していった。

竜兵やアレフ共和国の兵士が、抵抗を止めた敵兵たちをとらえ、引き連れていく。

竜兵に指示を出したあと、黒銀の竜がその太い首をもたげ、振り向いたかと思うと、

『親父殿！　どういうつもりだッ。あれほど倖人を頼むと言っておいたというのに――』

グアッと目を見開いて恫喝の唸りを上げる。

「サディアス殿下……っ」

いけない、と倖人は翼竜から慌てて飛び降りて、サディアスの前へと走り出た。

『倖人!?』

『ちょっと待て、なぜ倖人がここに……!?』

飛び出してきた倖人を見て、黒銀の竜、サディアスに続き、白金の竜、エルドレッドも驚きの声を上げる。

「すみません……私がライムント陛下にご無理を申し上げたのです。エルドレッド殿下のご無事を、少しでも早くこの目で確かめたくて…っ」

『……倖人……』

倖人の言葉に、エルドレッドは声を詰まらせた。

「それに戦場に赴くという大変な状況でも、サディアス殿下が私の身を案じて心を痛めてくださっていると聞いて……どうしても、お二人の姿が見たくて……たまらなくなって……」

『そうか……そんな風に思って、見守ってくれていたのか』

そう続けた倖人に、サディアスもまた、感慨深い様子で呟く。

「はい…っ。ずっと見ておりました！　まるで『始祖竜』リントヴルム様が降り立ったかのようなな、お二人の神々しいお姿を……！」

いまだ冷めやらぬ興奮に声を上ずらせ、倖人は感動に痺れる胸のうちを語る。

すると、おおっ、と周囲からざわめきが起こった。

「確かに……それぞれ攻防に秀でたお二方のお力が合わさって、伝説の双頭の竜さながらのご活躍でした！」

「王家に伝わる『リントヴルム』の名の通り、お二人は本当にリントヴルム様の生まれ変わりなのではないでしょうか…っ」

倖人の熱のこもった弁舌が周囲にいたアレフ共和国の兵士たちの間にも伝播《でんぱ》して、エルドレッドとサディアスを称賛する声が沸き上がる。

「守護神エルドレッド殿下、万歳！」

「軍神サディアス殿下、万歳！」

「リントヴルム様、万歳！」

二人の武勲と栄誉を称える声が響き渡る中、二頭の竜は神秘的な光を放ちながら人の姿へと戻っていく。

「倖人、来い」

「さあ、倖人」

二人に同時に手を差し伸べられ——倖人はたまらなくなって人目も憚《はばか》らず駆け寄り、彼らの腕の中へと飛び込んでいった。

終章

エルドレッドとサディアスと共に城へと戻り、ようやく無事に再会できたのだとじわじわと実感が湧き出して、倖人は改めて二人を見上げ、瞳を潤ませる。

「倖人？　どうした、どこか痛むのか」

驚いたように顔を覗き込みながらそっと目尻を拭ってくれるサディアスに、倖人は小さく首を横に振った。

「……本当に二人がここにいるんだ、って思ったら、うれしくて、たまらない気持ちになって……」

「……倖人……」

涙ぐみながらも微笑みを浮かべる倖人の目尻を拭い、サディアスは震える肩を抱き締めようとする。

けれど倖人は唇を嚙み締めるとサディアスの胸を押し返し、それを拒んだ。

「倖人……？」

不安そうに見下ろしてくるサディアスに、倖人の胸がズキリと痛む。

それでも……言わなければ。

「すみません……私は、やはり貴方だけを選ぶことはできません」

サディアスの顔を直視することができなくなって、倖人はうつむくとそう切り出した。

「きっと、どれだけ時間をかけたとしても、たとえ『末裔種』として成熟したとしても、私には……無理、です。サディアス殿下もエルドレッド殿下も、どちらも大切で……選ぶとか、比べるとか考えられない」

自分がどれほど自分勝手なことを言っているか分かっていて、だからこそ、恐ろしかった。

こんなにも深い愛情を傾けてもらって、散々待たせて、振り回して。なのに出した結論がこれなんて、呆れられ、罵《ののし》られても仕方ない。

でも……だからこそ、偽《いつわ》りない気持ちを告げなければ。

ぎゅっと拳を握り締め、勇気を振り絞って倖人は口を開く。

「二人とも、愛しくてどうしようもないんです…っ。どうしてもどちらかだけなんて、切り離して考えることなんてできません」

固く目をつぶり、語尾をみっともなくかすれさせながらも、なんとか本心を打ち明けた。

「……兄上に勝つことができなかったのが、まったく悔しくないかと言われれば、嘘になる」

低い声でそう吐き出したサディアスに、倖人はビクリと身をすくめる。

あごをつかまれ、顔を上向かれて……倖人は覚悟して、恐る恐る目を開けてサディアスを見た。

すると、

「けれど、勝つとか負けるとかではなく……力を合わせて生きることもできると教えてくれたのは、倖人、お前だ。そしてそのほうが、ずっと大きなものを得ることができるということを、お前のおかげで気づくことができた。今回の戦いでも、俺一人では市街地に被害を及ばさずに敵を制圧することなど無理だっただろう。そして民や町を犠牲にして勝利を得ても、きっとあんなにも称賛されることはなかった」

想像していたような怒りの表情ではなく――彼は、どこか悟ったような穏やかな笑みを浮かべ、そう言った。

「……サディアス、殿下……」

夢でも見ているんじゃないだろうか。

そんな優しい言葉をかけてもらえるなんて思いもしなくて、倖人は呆然と彼を見つめた。

「きっとこうなるだろうと、倖人が双頭の『始祖竜』リントヴルムに惹かれて、導かれるようにして俺たちの国に来たと知った時から、なんとなく予感していた気がする。バラバラに引き裂かれそうになっていた俺たちを、お前が繋ぎ止めてくれたんだな……倖人」

サディアスはさらに感慨深げに、そう呟いて、倖人の唇にくちづけを落とす。

「いいん、ですか……？」

サディアスと、そしてその横で見守っていたエルドレッドを見やり、尋ねた。

「私の気持ちはすでに伝えた通りだ。君が私たち二人をつがいとして認めた証であるこの婚姻印が刻まれた以上、それを受け入れる覚悟はできている」

エルドレッドもまた、微笑んでそう言うと首輪越しに倖人のうなじをなぞり、唇をついばむようにくちづける。

「他の者なら到底相容《あいい》れることなどできなかっただろうが……サディアスは、私の半身のようなものだからな。それに『始祖竜』リントヴルムに焦がれる君を手に入れるには二人の力が必要だというなら、サディアスにも協力してもらうさ。私が真に君のつがいになるために」

「ふん。それはこっちの台詞だ」

エルドレッドの不敵な発言に、サディアスもまたそう切り返し、不遜に笑う。

彼らの張り合いながらも互いを認め合う姿に、胸がジン…と熱く痺れ、倖人はホゥ…と吐息をついた。

二人に声をかけようとした時、急にのぼせたように頭がぼんやりとして、目の前が昏《くら》くなる。

「ぁ…、すみませ……」

ふらついた身体を二人に支えられ、倖人は急いで体勢を整えようとした。けれど……。

「────…ッ」

その瞬間、触れられたところから甘い痺れが沸き起こり、全身が燃えるように熱くなっていくのを感じ、倖人は思わずくずおれる。

「倖人…っ、大丈夫か!?」

力が入らない身体を支えながら心配してくれるサディアスの問いかけにも、うまく答えることができず、倖人は息を喘がせた。

朝、飛鳥乃にも指摘され、自分も熱っぽいことには気づいていたけれど……今は、その比ではない熱に襲われていた。

「あぅ……は、ぁ……ッ」

しかもただの熱ではなく、身を焼かれるような苦しさに悶え、満足に自分の足で立つことすらできない。

「もしかして……今、発情期を迎えたのか？」

腰を抱き留めてそう問いかけるエルドレッドの声もまた、倖人の熱が移ったかのように情欲にかすれている。

――これが……発情期……？

今までは二人に触れられて、煽られるようにして熱を帯びていった身体が、なんの愛撫もないままに、ただ彼らの存在を愛しいと想う気持ちだけで狂おしく火照っていく。

「ぁ…あ……や…ぁ、助け、て……」

――怖い。

自分が自分ではなくなっていくような恐怖と、身体に渦巻く情動に突き動かされ、倖人は二人にすがった。

「倖人……」

ごくりと喉を鳴らし、サディアスが倖人の頬へと触れる。

「あ、ぁ…ッ」

それだけで、肌に甘い痺れが走り、倖人はびくびくと肩を震わせて反応する。

「……なんて匂いだ……これが、倖人の本当の発情期に発する色香、なのか……」

吸い寄せられるようにしてうなじに顔をうずめ、エルドレッドは首輪を外すと陶然とした声でそう言って、唇を這わせてきた。

「んぅ…っ。や……エルドレッド、殿下ぁ……っ」

くすぐったさと同時に焦れったいような疼きを覚え、倖人は身をよじる。

二人に導かれるようにして寝台に横たえられ、倖人は期待と焦燥に呼吸を乱しながら彼らを見つめた。

すると二人は急《せ》かされるようにして己の衣服を脱ぎはじめる。

迷いのない動作で荒々しく軍服を剝《は》ぎ取ってその鍛《きた》え抜かれた鋼のような隆々とした肉体をさらけ出すサディアスと、大胆でありながらも洗練された品格を感じさせる所作で礼服を脱ぎ捨て、美しく均整の取れた肢体をあらわにするエルドレッド。

男性美を体現したかのような二人の裸体に魅入られ、見ているだけで苦しくなるほどの情欲が湧き上がってきて、倖人は息を荒らげた。

「ぁ……っ」

脱ぎ終わり、二人が近づいてくるのが見えて、ドクドクと胸を高鳴らせる。

「すごく興奮しているな……もうこんなに昂っているなんて」

「ひぃ…んッ！」

サディアスにトラウザーズの上からでも分かるほどに張りつめた下腹部に触れられ、倖人はビクン、と身体をはねさせた。

「ああ……乳首も、こりこりに固くしこってきているぞ。もしかして私たちの裸を見て、感じたのか？」

「や……あぁ……」

エルドレッドに上半身を起こされ、上着を脱がされて、すでに薄布をピンと押し上げて主張する胸の先をなぞられる。

サディアスがトラウザーズと下着を取り去ると、下腹部に顔をうずめてきた。

「お前の蜜は甘いな……本当に、食べてしまいたいくらい淫らで、可愛い。倖人……」

鈴口に浮かぶ蜜を舐め取ったあと、サディアスは尿道へと舌を突き入れていく。

「ひぁ…っ、うあぁ……んッ！」

愛液をすべて舐め取らんとばかりに、激しく舌を躍らせて中を飢えたように貪られ、その鮮烈な快感に倖人は背をのけぞらせて嬌声を上げた。

「尿道をあんなに拡げられて、掻き回されて……それなのに、こんなに胸を高鳴らせて、悦ぶなんて……いけない子だな、君は」

快楽に身悶える倖人を見つめながら、エルドレッドはドレスシャツを脱がせ、乱れる呼吸に上下する胸の先をきつくつまみ上げた。

「ふぁ…んっ！　あぅ……ごめ……んんっ、ごめん、なさ、ぃ…ッ」

サディアスの舌はいつもより奥深くまでもぐり込んで、舌の根本近くの太くなった部分まで受け入れさせられ、苦しいほどに中を掻きまぜられ開かされているというのに、これまでにないほどに感じて昂っていた。

恥ずかしい姿をエルドレッドに見られ、仕置きするように胸の先を擦り上げられ苛まれながらも、痺れるような愉悦を覚えてしまう。

二人とも興奮に荒ぶっているのか、尿道を穿つ舌も、胸の先をいじめてくる指先も激しくて……普段なら痛みを感じてもおかしくないほどの強い刺激にも、淫靡《いんび》な熱にとろけた身体はただただ悦楽だけを覚えて熱を上げる。

二人がかりで責められ、羞恥に身悶えながらもさらなる快楽を求め、浅ましい欲望を膨れ上がらせて疼く身体が暴かれていく。

喘ぎ声を上げ続ける口の端から、ッ…っ、と飲み込みきれなくなった唾液が零れ落ちた。

するとエルドレッドはあごをつかんで振り向かせると、倖人の唾液を舐め取り、そのまま唇を塞いできた。

「ぁ…ぅ、んぅ……」

口腔へとエルドレッドの舌が忍び込んできて、口の中の粘膜を愛撫される心地よさを享受《きょうじゅ》する。

尿道と口腔、二ヶ所の過敏な粘膜を舌で弄られる感覚に、熱は増すばかりで……倖人はふるりと肩を震わせた。

するとふいにエルドレッドがくちづけを解き、倖人の顔を覗き込んでくる。

「そんな切なそうな瞳で見つめてきて……欲しいのか」

そう言って不敵に笑うと、彼は膝立ちになって倖人の目の前に己の昂ぶりを突きつけてきた。

「ぁ……すご、ぃ……」

彼の逸物はずっしりとした太く逞しい幹を重力に逆らって屹立させ、畏ろしいほどの昂ぶりを示していた。

「私が脱いでいた時も、ずっと熱っぽいまなざしで見つめていただろう。昂っているのを見て、興奮した……？」

あごをくすぐるように撫でながら問いかけてくるエルドレッドに、倖人は真っ赤になりながらもこくりとうなずく。

「口を開けて、私を受け入れてくれ、倖人……」

昂ぶりを唇に押し当てられてうながされ、倖人はおずおずと口を開く。

「んっ……く、んぅ……ッ」

そして牡としての美徳に満ちた、自分のものと比較するのも恥ずかしいほど雄々しく逞しいエルドレッドの昂ぶりを口に含んでいった。

「すごいな……倖人が、可愛い口いっぱいに私のものを頬張って……」

エルドレッドはうっとりと呟くと、倖人の唇をやわらかくなぞり、艶やかに微笑う。

「……ぅ、んっ、はぁ…っ、んん」

だんだん唾液で濡れて動かしやすくなり舌に馴染んできた粘膜への愛撫に、倖人の口淫は大胆になっていく。大きく舐め上げたり、舌を先端に絡ませて吸い上げたり、裏側を口先でついばんだりして、いつしかエルドレッドの昂ぶりを味わっていた。

「兄上のものをくわえ込んで、感じているのか？　こんなに牝孔からも蜜をあふれさせて……」

サディアスは嫉妬と欲情をにじませてそう言うと、快感で次々に生み出される愛液でしとどに濡れた後孔を指で押し拡げ、蜜壺と化した牝孔をぐちゅぐちゅと掻き回してきた。

「んぁ…んッ、サディアス殿下ぁ……下さい…っ。サディアス殿下、そこに、貴方の逞しいの……っ」

ただでさえ疼いて仕方のない秘部を刺激され、こらえきれず倖人は狂おしいほど二人を求める欲望を訴え、懇願する。

「兄上のものを頬張りながら、俺のものも欲しがるのか？　欲張りだな……お前は」

「ッ……あ、ぁ……ごめん、なさ…ぃ……」

自分でも欲深さを恥じていて、サディアスに呆れられたかもしれないと思うと胸が苦しくなって、倖人はしゃくりあげながら謝罪した。

そんな倖人を見つめ、サディアスはフッと甘い笑みを零すと、

「馬鹿だな……そんな風に可愛い反応ばかりするから、いじめたくなるんだぞ…？」

涙のにじむ目尻を優しく拭い、赤く染まった頬にくちづける。

「ぁ……サディアス、殿下ぁ……」

「お前が望んでくれるなら、俺をすべてやる。俺はお前のものだ。倖人……」

「ん…っ。ふ…あぁ……」

後孔に押しつけられた、サディアスの昂ぶり。

彼の熱く脈打つ逞しさを感じた途端、倖人の唇からはこらえきれず情欲に濡れた吐息が漏れ、穿つものを求めて疼く後孔は、昂ぶりの先端をねぶるように襞をひくつかせる。

「俺ももう、限界だ。倖人…ッ」

サディアスは唸るように、腰を強く突き入れてきた。

「ひん…ッ、うぁ……んんっ!!」

逞しい熱塊が、熟れて潤んだ襞を擦り上げて入ってくる。それだけで痺れるような悦びに全身が震え、倖人の腰は自然に跳ね、さらなる刺激を求めて揺らめいてしまう。

「……ッ、すごい、な……中がうねって、絡みついてくる……ッ」

サディアスも急くように腰を打ちつけて内壁を貪りながら、感嘆の声を上げる。

「倖人…っ、私も」

エルドレッドも昂った様子で、口腔へと昂ぶりを突き入れてきた。

「くぅ……うぁ、んん…ッ、ふぁ……っ」

倖人は再び大きく口を開け、エルドレッドの昂ぶりを深くくわえ込み直し、前後に首を振って逞しい幹を擦り上げる。すると、条件反射のように口の中に溜まった唾液が逞しい昂ぶりにかき混ぜられ、じゅぷじゅぷと淫猥な音を立てた。

「あぁ…、そんなに吸いついてきて……いいよ、倖人……」

愛しげに髪をかき混ぜながら、エルドレッドは腰を震わせる。

愉悦に歪む、エルドレッドとサディアスの相貌。

それは凄絶に色っぽく、倖人の胸を痺れさせる。

自分の体内で、二人のものはさらに大きく硬くしなっていく。

――この強い雄たちが自分を求め、昂っている。

自分の身体で彼らが感じてくれているのだと思えば、その畏ろしいほどの狂暴な昂ぶりにさえ、愛おしさが湧いていった。

「んん…っ、くうぅ……んんッ!!」

二人の昂ぶりを受け入れる悦楽に、倖人は極まってしまう。

達した衝撃に息を荒らげつつも、倖人は薄れるどころか増すばかりの欲求に身悶え、エルドレッドの昂ぶりを舐めすすり、さらに奥へとサディアスの昂ぶりを取り込もうと腰をうねらせる。

「……もっと欲しいのか?」

エルドレッドは倖人のあごをつかみ、顔を覗き込んで問いかけてくる。

身体の中に渦巻く欲望を見透かすようなエルドレッドの問いに、倖人は瞳を潤ませた。

倖人の様子を眺めたあと、エルドレッドは艶やかに笑んで口から昂ぶりを抜くと、

「――サディアス。倖人をこちらに向けて抱え上げろ」

サディアスに向かって声をかける。

それだけでサディアスはなにかを察したようで、後孔から昂ぶりを引き抜き、寝台に腰かけたあと倖人の腰を引き寄せてきた。

「ぁ…っ？　やっ、あぁ……んッ！」

意図が分からず呆然とする倖人をしっかりと抱きかかえると、サディアスはつかんだ腰を下ろし、後孔へと再び昂ぶりを突き入れる。

思い切り後孔から牝孔の内部までを擦り上げられる刺激に、倖人はまた軽く絶頂を迎えて身体をビクビクと震わせた。

「倖人、もっと腰を上げて……ああ、こんなに拡げられているのに、うれしそうにひくつかせて、なんて淫らだ」

「や、あぁ……っ」

エルドレッドは、羞恥に瞳を潤ませる倖人の双丘をぐっと押し開いて結合部をあらわにすると、サディアスの昂ぶりを深くくわえ込んで腫れぼったく熟れた襞を指でなぞる。

しばらくくちゅくちゅとあふれる愛液で濡れそぼった後孔のふちを弄っていたかと思うと、エルドレッドはサディアスの昂ぶりでいっぱいに開かされた倖人の後孔へと自身の昂ぶりを押し当ててきた。

「え……？」

まさか。

頭をよぎった予感にドクン、と大きく心臓がはね、倖人は胸を喘がせる。

「私たち、二人とも欲しいんだろう？　我らの淫らで可愛い姫は」

「あ、ぁ……そ…んな……」

恥辱と怯えに倖人は瞳いっぱいに涙を浮かべ、ふるふると首を横に振った。

いまだ、サディアスの猛々しく昂ぶった逸物に深々と身体の奥まで貫かれているというのに。

さらにエルドレッドの逞しく滾ったものまでが身体の奥を穿とうと、後孔にその切っ先を突きつけてくる。

「ひゃ…ぅっ、ぁあっ、ぃや…っ、怖、ぃ…っ」

後孔のふちをめくり上げるように昂ぶりを這わせてくるエルドレッドに、倖人は喉を震わせて首を打ち振るった。

サディアスは怯えに震える倖人の肩を抱くと、

「大丈夫だ、倖人……無茶はさせない。無理そうだと思ったら絶対に止めるから」

耳元にくちづけ、そう囁いてくる。

「ゆっくりと馴らしていけば、発情期で身体がいつもよりさらにとろけて開きやすくなっているから受け入れられるはずだ。倖人、私たちを信じて、力を抜いて……」

エルドレッドもなだめるように強張る内腿をさすりながら、乞うように告げた。

「あぅ…っ、んぁ…、あぁ……」

そしてエルドレッドはおもむろにサディアスの昂ぶりをくわえ込んだ後孔へとさらに指を押し入れ、とろけた内壁のやわらかさを確かめるように掻き回してくる。

「……どうやら、悦んでくれているみたいだな」

サディアスが倖人の勃ち上がった茎の先端をいじると、そこからにじんだ露がくちゅり…と濡れた音を立てて、彼の言葉を裏づけた。

「やっ、あっ、ああんっ、そ…な、しな…いで…っ」

そのまま倖人の茎の先端に浮かぶ雫を、くびれや根本にまで塗り広げられる。

それによってますます物欲しげにヒクヒクと震える襞を掻き分け、エルドレッドは昂ぶりを後孔へともぐり込ませてきた。

するとと倖人の粘膜は、彼の昂ぶりを待ちわびていたように迎え入れ、吸いついていってしまう。

「はぁ……ぁん…っ」

サディアスの逸物に擦り上げられ続けて腫れぼったく熟れた牝孔のふちを、さらにエルドレッドの切っ先でこねられ、感じるところを重点的に擦られて、身体から力が抜けていき、募る切なさに身をよじらせた。

「――もっと、欲しいだろう……?」

口移しされるように触れそうな距離で囁かれた瞬間、思考するよりも先に、襞がそれに応えて思わずヒク…ッ、と収縮した。

理性や常識といった思考は淡くかすれていき……もう、二人のことしか考えられなくなる。

快楽に飢えた肉体はさらなる解放を望み、疼いていた。

「ぁ……欲し、ぃ…っ」

倖人はとうとう、本能に突き動かされるままにずっと抑え込んでいた本音を口走ってしまう。

一度口にしてしまえばもう、身体の奥底にひそむ欲望をこらえることはできなかった。

「ひん…ッ！　くぅ……んあぁぁ――――…っ」

その言葉を待ち構えていたように、エルドレッドの反り返った屹立がじわじわと牝孔のふちをめくり上げ、中へと押し入ってくる。

あまりの衝撃に背をきつくしならせて耐えていると、

「倖人……」

サディアスはあごを持ち上げて振り向かせ、倖人の震える唇にくちづけを落としてきた。

「ふ…ぅ…ぇぅ…っ、ん…っく、は…ぁ」

なだめるようにわななく舌を舐め、唇を食んでくるサディアスの優しい愛撫に、倖人はすがるようにして溺れていく。

「く…ッ、んっ…ふぁ……」

くちづけが深くなるにつれ、強張りが解け、発熱したように頭が白くかすんでいった。

熱く濡れた舌が絡み合い、飲み込みきれない唾液が、倖人の唇の端からあごへと伝い落ちる。

サディアスは倖人のわななく唇から零れる唾液を舐め取ると、深く舌をもぐり込ませ倖人の口腔を堪能しながら、徐々に内奥を穿つ昂ぶりをじわりと動かしてきた。

二人の昂ぶりを受け入れている。そう実感して、限界以上に開かれる苦しさに混じって背徳的な愉悦が芽吹き出し、じわじわと倖人の中を侵食していく。

身体の深部を二人同時に犯され、気の遠くなる快感に翻弄されて、倖人の恥知らずな身体はとろけていく。

「んぁ…っ。もっと……欲しい、二人の……あぁ……お願…ぃ…ッ」

二人と繋がった秘部からはひっきりなしに濡れた音が響き、それは次第に大きくなっていった。

エルドレッドとサディアス、二人の昂ぶりが倖人の内奥を擦り、奥にひそむ淫らな欲望を暴いていく。

脳髄が灼き切れそうに渦巻く悦楽に倖人は翻弄され、身悶えながらも、ようやく満たされた欲望を貪らんと無意識のうちに腰をうねらせる。

「倖人……ッ」

エルドレッドはさらに最奥へと昂ぶりを押し込み、腰を揺すり上げてきた。

「ひぃ……っ!! いぃ……ッ、んあぁあ……っ」

二人の昂ぶりに身体の奥深くを抉られ、倖人は悲鳴めいた嬌声を上げる。

普通ならば到底無理なはずの体積も、発情にとろけきって濡れた内壁は貪欲に呑み込んで、さらに熱を上げていった。

「…ッ、倖人……出すぞ」

「私も…ッ」

「うぁ…っ、あぁ———…ッ!!」

内壁を限界まで押し拡げられ、二人の白濁を奥深くに注ぎ込まれて……倖人は、目も眩むような強烈な被虐的な悦楽にきつく背をしならせて悦びの声を上げた。

「すごいな……こんなに出しても、まだ収まらない…ッ」

サディアスはかすれた声で唸ると、いまだ狂暴な欲望を滾らせる己の昂ぶりを見せつけるようにして奥へと揺すり入れる。

すると昂ぶりに押し出され、内奥へとたっぷりと注ぎ込まれた精液がはしたなく零れ落ちていった。

二人の精液が伝う感触に、自分の淫らさをまざまざと思い知らされて……恥辱の混じった、倒錯めいた快感が倖人の中に走る。

「倖人……ッ」

サディアスの動きに触発されたかのように、エルドレッドの責めもまた、激しさを増していく。

「あぁ…っ、ください、二人の仔種を……いっぱい、奥に…ッ」

もう淫らな欲求を押し殺すことなどできなくて、感情の昂ぶりに泣き濡れながら、はしたない願いを口にする。

とろとろとひっきりなしに湧き出す蜜が、彼らが動くたびに弾け、恥ずかしい音を立てながら後孔から零れ落ちていった。

「ひぃ…ッ、はあぁ…んん……いやあぁ……いく、あぁ、達く……ッ」

かすかに残る理性が羞恥と、この背徳的な行為の罪深さを訴えるのに。それすら今の倖人には快感を増幅する刺激となって、焼けつきそうに募る熱に身を焦がす。

「――…ッ」

二人の雄に獰猛に内奥を貪られ、精液を注ぎ込まれながら同時にうなじに牙を打ち込まれて

――倖人は倒錯的な悦びに震えながら、これまでにないほどの充溢《じゅういつ》感と共に、法悦の果てを迎えた。

「ひぁ…っ、ああっ、あぁぁ――ッ!!」

倖人は身体をしならせて、愛液を飛び散らせる。

遅れて最奥で弾けた彼らのものが混ざり合い、ドクドクと熱い飛沫を浴びせかけて……極まったばかりの身体の中を濡らしていくのを感じ、倖人は二人に満たされる悦びに打ち震えながら、意識を途切れさせていった――


長く続いた発情期に、ようやく終わりの兆《きざ》しが見えはじめた頃。

「――あの…、うなじがどうなっているか、私にも見せてくれませんか?」

激しい波が引いたあとも睦《むつ》み合って余韻に浸っていたけれど……やたらとうれしそうに二人ともがうなじを甘噛みしてくるのが気になって仕方なくて、恐る恐る尋ねてみる。

するとエルドレッドとサディアスが顔を見合わせたあと、それぞれ手鏡を持ち、合わせ鏡にしてうなじを映し出してくれた。

「あ…っ」

鏡を覗くと、そこに鮮やかに発色し、くっきりと浮かぶ二人の噛み痕を見つけて、倖人は喜びに声を上げた。

「綺麗についているだろう。私と、そしてサディアスの婚姻印が」

いまだに甘く疼く噛み痕を、エルドレッドの指にツ…っとなぞられて、倖人はふるりと背を震わせる。

「これで、俺たちは正式につがいになったんだ……もう、誰がなにを言おうが離さないし、離れない。そうだろう？　倖人」

「……はい…っ」

うれしそうに微笑って頬にくちづけてきたサディアスに、倖人は大きくうなずく。

二人に抱き締められて、押し寄せる幸福感に浸りながら、倖人も湧き上がる愛しさのまま、彼らの胸に身を擦り寄せていった。


――けれど、正式な発情期を迎えたということは、一週間以上こもりきりで情交にふけっていたわけで……。

部屋を出て、倖人が『末裔種』として成熟して発情期を迎え、婚姻印が定着したことを報告した時、事後処理のためにアレフ共和国に留まり、多忙を極めていたというライムントは疲れ顔をさらに歪め、

「まったく……面倒事を全部我に押しつけてお主らは巣籠もりか。優雅なことだな」

満たされて張りと生気にあふれる表情を見せる息子二人を睨み、ため息をついた。

ライムントのお小言に、倖人は身をすくめる。

巣籠もり、というのは『発情期』を迎えたつがいが互いを求め合う期間のことを指すらしい。

「いつもは貴方に押しつけられた政務をこなしているんですよ？　初めて息子たちが迎えた姫との巣籠もりくらい、快く見守ってはどうです。そもそも、母上の看病とか言いながら、実は巣籠もりだったりすることもあるのを知っていて、こちらは黙って代理を務めて差し上げているのですがね」

「まあ、親が仲睦まじいのはいいことだと俺も目をつぶっていたのだがな。その分、今度は親父殿がせいぜい補助してくれ。親父殿も早く可愛い孫を拝みたいだろう？」

エルドレッドとサディアスの反撃にライムントは「うっ」と言葉に詰まったあと、

「ああもう、分かった分かった！　まあ、確かに我も孫は見たいが、その前に盛大に婚礼も挙げねばなるまい。こういったことはきちんとしなければな。……倖人殿、それでよいかな？」

どこか浮き浮きとした様子で尋ねられ、倖人は慌ててこくこくとうなずいた。

――婚礼……そういえば、強引に連れ去ろうとするルガールから救ってくれた時も「息子たちの王妃」、と言ってくれたっけ……。

ライムントにも二人のつがいだと認められたことをじわじわと実感して、くすぐったい気持ちになる。

「ちなみに、今回の襲撃にルガール王の関与は認められたのですか？」

そういえば、といった様子でエルドレッドが問うと、ライムントは渋面を作った。

「いや。アルマーン王国の関係者が何人か関わっていたことは判明したが、残念ながらルガール王が直接関与した決定的な証拠は見つけられなかった」

「……まあ、大体想定通りでしたね」

首を横に振ったライムントに、サディアスはさほど落胆も驚きもせずにうなずいてさらりとそう言った。

「しかし今回の計略に関係者の関与が明らかになっただけでも、充分アルマーン王国に対して圧力をかけられるようになる。しかもお主らによって完全な勝利を収められたおかげで、他国との信頼と絆はますます深まったしな。協定の一件もアルマーン王国の除外が決まったから、相当肩身の狭い思いをすることとなるだろうよ。そもそもルガール王など敵ではないだろう？　なんといってもお主ら二人が手を組むことで、双頭の『始祖竜』リントヴルムさながらのさらに大きな力を手に入れたのだから」

ライムントは誇らしげにそう言うと、エルドレッドとサディアスを見やった。

「──ああ。凶兆《きょうちょう》と言われた竜族の双子の伝説を、吉兆と言われるように塗り替えてみせる。それが、ありのままの俺たちを愛して、希望をくれた倖人の願いだからな」

「そうか……妻が聞いたら、どれだけ喜ぶだろうな」

力強く言い切ったサディアスに、ライムントがしみじみと呟く。

その強靭《きょうじん》な意志を秘めたサディアスの宣言に、胸がジン…と熱く痺れ、倖人は瞳を潤ませる。

「倖人、今度母上にも紹介するよ。ああ、耶麻刀国の天帝にもまた連絡を取って今度こそ私たちが直接挨拶しなければね。これから忙しくなるな」

フッと微笑ってそう告げるエルドレッドに、倖人は迷いなくうなずいた。

以前は父や母に会うのを怖いと思っていたけれど……今はもう、大丈夫だ。

エルドレッドとサディアス、心から自分を愛し、受け入れてくれる二人の伴侶と共に歩いていく。そう、固く心に決めたから。

「エルドレッド殿下……サディアス殿下、愛しています。ずっと、永遠に」

胸に込み上げる想いを告げた瞬間、幸せそうに微笑む二人の腕を引き寄せ、倖人は幸福の涙をあふれさせながら顔をほころばせた。

あとがき

初めまして、もしくはこんにちは。眉山さくらです。

今回は西洋竜をモチーフにした人外もの、しかもオメガバースなのに3Pということで、ベータと思ってたのに、最強のアルファ、しかも二人から『つがい』宣言されて求愛され求められまくる受け！　でも自分は皇太子なのに……と懊悩するという、自分の趣味に走りまくった設定となりました。皆様にこの萌えが伝わってるといいな…！

そしてこの作品に息遣いを感じるほどの色気と躍動感あふれる挿絵で、血の通ったものにしてくださった石田恵美先生、ありがとうございます！　マンガも大好きなので、つけていただけて本当にうれしかったです！　それなのにご迷惑をおかけして申し訳ありませんでした……できればこれにこりず、ぜひまたご一緒していただけるとうれしいです。

担当様にもご迷惑をおかけしてしまいました……色々とご配慮いただいて本当に助かりました。今後とも何卒よろしくお願いいたします。

そして、この本をご購入くださった皆様に、改めまして心からお礼申し上げます。

苦しいこともあるけどこうして形にしていただけて、充実した創作活動を続けていくことができるのも皆様のおかげです。少しでも多く萌えが届けられるよう頑張ります…！

ではまた、次の作品でお会いできるとうれしいです。

眉山さくら

ビーボーイスラッシュノベルズを
お買い上げいただきありがとうございます。
この本を読んでのご意見・ご感想をお待ちしております。

〒162-0825　東京都新宿区神楽坂6-46
ローベル神楽坂ビル4F
株式会社リブレ内　編集部

アンケート受付中
リブレ公式サイト　https://libre-inc.co.jp
TOPページの「アンケート」からお入りください。

SLASH
B-BOY NOVELS

双竜王と運命の花嫁《つがい》 ~皇子は愛されオメガに堕ちる~

2020年3月20日　　第1刷発行

■著　者　　眉山さくら

■発行者　　太田歳子
■発行所　　株式会社リブレ

〒162-0825　東京都新宿区神楽坂6-46　ローベル神楽坂ビル
■営　業　　電話／03-3235-7405　FAX／03-3235-0342
■編　集　　電話／03-3235-0317

■印刷所　　株式会社光邦

Printed in Japan
ISBN 978-4-7997-4708-7